IL BURRACO E L'IMMORTALITA' DELL'ANIMA

Manuale di sopravvivenza per giocatori di burraco

Antonio Nunzi

CONTENTS

PRESENTAZIONE

Con inconsueto entusiasmo ho accolto l'invito a tracciare brevi note di presentazione dell'opera che sta per vedere le stampe.

Conobbi l'autore di questo trattatello in una piovosa sera di metà novembre. Cambridge era scintillante di pioggia sottile e di noia. Qualche giorno prima avevo già notato, nel pub del vecchio Mortimer, quel giovane studioso curvo sui libri, dimentico del mondo e della pinta di birra che si annoiava sul tavolo sospirando verso il fumoso soffitto il suo aroma inebriante. Appresi che era il nuovo lettore di burraco presso la cattedra istituita l'anno precedente dal College Mallory, sempre all'avanguardia nello studio dell'antropologia forense. Era italiano, mi fu riferito, esistenza noiosa tutta casa, college e pub, apparentemente omosessuale. Unica qualità riconosciutegli a larga maggioranza la scostante riservatezza che disegnava intorno a lui un deserto di solitudine.

Quella sera, invece, con mia grande sorpresa era preso in animata conversazione con un gruppo d'immigrati dai marcati lineamenti amerindi, peruviani a giudicare dai copricapo multicolori. Sedetti a un tavolo poco distante dal gruppo ed ebbi modo di ascoltare, sia pur confusamente, larghe parti della discussione che tanto li appassionava. L'argomento era tanto profondo da apparire insondabile e gli stessi contendenti riconoscevano che già altri, ben più esperti ricercatori, si erano arresi di fronte all'impossibile. Accertare, infatti, in quale luogo abbia avuto origine il burraco è come cercare di fissare l'origine geofisica dell'arcobaleno. Mi colpì la ricchezza di argomentazioni e l'acutezza dell'analisi filologica con le quali il giovane studioso fronteggiava le veementi affermazioni degli amerindi, pervicaci assertori dell'origine argentina o forse uruguaiana della nuova scienza. Il più baffuto e focoso affermava a spada tratta di averne le prove. A suo dire, durante una campagna archeologica patrocinata dall'Archeoclub di Tegucicalma, in una grotta ai piedi delle Ande meridionali erano state recuperate due cataste di strane tavolette di pietra, poco discoste una dall'altra, ciascuna costituita da cinquantadue pezzi, con strani simboli e valori alfanumerici. Su alcune erano state trovate tracce di sangue umano e questo induceva ad affermare che tali reperti erano con molta probabilità strumenti di una attività ludica praticata nel corso di rituali religiosi, forse mediante l'utilizzo di schiavi tratti da tribù sconfitte, ai quali era affidato il compito di sorreggere le pesanti tavolette. Gli sconfitti erano sacrificati al dio Pinelmankolombra in un bagno di sangue.

Ben altre e più profonde le argomentazioni del giovane dottore. Iscrizioni latine, antichi incunaboli, inconfutabili tracce archeologiche erano alla base di quella che mi parve essere subito, più che una teoria, la constatazione di una lapalissiana evidenza: il Burraco è antico quanto l'istinto dell'uomo di vivere in comunità. Ricordo che fui tanto affascinata da quella conversazione e dalla passione con la quale erano rappresentate le opposte opinioni che decisi di proporre al geniale studioso di associarsi alla cattedra di Escatologia Ludica per fondare quella che sarebbe diventata da lì a poco la Scuola Normale di Burracologia (S.N.B.) che costituisce ancor oggi il più avanzato centro di ricerca del Burraco con innumerevoli corrispondenti in tutto il mondo.

Seguì un lungo periodo di appassionante studio non disgiunto da sedute di applicazione pratica e di sperimentazione di nuove frontiere fin quando il mio giovane assistente partì, in una nebbiosa sera d'inverno, per assumere la cattedra di Cracovia lasciando, nei colleghi e negli studenti, un incolmabile vuoto. L'autore che già nel precedente saggio "Il Burraco e il mistero delle Rune celtiche" aveva aperto originali linee interpretative, in questo nuovo trattatello traccia con ampia documentazione un lucido percorso conoscitivo che non mancherà di affascinare il lettore. La ricerca è approfondita, estesa fino ai confini della conoscenza e non manca di analizzare strategie di gioco fino a oggi impensabili.

In conclusione: un ottimo saggio, scritto con piglio narrativo originale che rende accessibili ai neofiti anche le più ardue parti filosofiche.

Prof.ssa Mila Favaravic

Ordinaria Cattedra Burraco

Libera Università Nova Japigia

CAPITOLO PRIMO

Detenzione e riscatto

Da molto tempo meditavo di porre mano a un saggio che, sia pure con tutte le approssimazioni insite in una materia tanto impervia, riconducesse a unità la vasta dottrina che nel corso degli anni si è andata stratificando in materia di Burraco. Me ne ha dato l'occasione un lungo periodo di detenzione per pesca di frodo scontato nelle accoglienti carceri di un paese dell'Europa Orientale. Fummo arrestati in due, in un pomeriggio di tarda estate, Franco ed io, messi in celle separate ai capi opposti di un lungo umido corridoio. Franco era stato per molto tempo il mio compagno abituale di gioco e ancor oggi mi duole di non aver saputo più nulla di lui. Quando ne chiedevo notizie ai severi carcerieri, si chiudevano immancabilmente in un preoccupante silenzio reso più tetro dal sogghigno che accompagnava il gesto di portarsi la destra alla visiera del cappello, come a porgere un ironico saluto militare.

Non so lui, ma io non fui mai sottoposto a torture fisiche, anche se, quelle psicologiche, quelle si, segnarono e segnano ancora il mio povero spirito. Per sette lunghi mesi mi fu impedito di giocare a Burraco, dovetti assistere impotente al rogo del mazzo di carte che mi era stato regalato per l'ultimo compleanno, mi fu imposto il gioco degli scacchi e della dama, dovetti partecipare a tornei di gioco dell'oca detenuti contro secondini e sottopormi a lunghissime sfide di schiaffo del soldato specialità nella quale i miei rudi carcerieri, tutti possenti ex pallanuotisti, erano particolarmente abili nel barare. La notte poi, d'improvviso, una luce accecante invadeva la cella mentre uno sferragliare di catenacci annunciava l'arrivo del colonnello Abdhul, il baffuto direttore, che emergeva dal fumo di un enorme sigaro brandendo un fascio di bastoncini da shangai.

Di Franchino non ho più avuto notizie, alcuni viaggiatori riferirono, molto tempo dopo, di averlo visto nella villa del colonnello, una romantica dacia in stile coloniale sul Baltico. Raccoglieva fiori di campo, giocava a cerchietti e si faceva chiamare Samantha.

Durante tutta la detenzione mi fu concesso di scrivere ma imposto l'obbligo di non trattare argomenti inerenti il Burraco e così scrissi di teologia, d'immortalità dell'anima, di spazio e di eternità. I miei carcerieri che censuravano giornalmente il manoscritto non sospettarono mai che quegli appunti trattassero in realtà della natura e dell'essenza stessa del gioco che mi era stato proibito. Tornato in Italia, riordinai e ampliai quei fogli fino all'attuale stesura. Attuale, appunto, e non definitiva, perché il Burraco, come tutte le cose del mondo, è soggetto alla legge di Lavoisier: nulla si crea, nulla si distrugge, tutto si trasforma.

Il generale Juan Francisco Cabral, noto alle cronache del diciottesimo secolo più per le sue imprese romantiche che per le vittorie sui campi di battaglia, abbandonato dalla bellissima contessa di Cartagena era solito consolarsi dicendo: "Speriamo che Lavoisier abbia ragione, vivrò per respirare almeno un atomo dell'aria che ha sfiorato le sue dolci labbra".

CAPITOLO SECONDO

Brevi cenni storici

Era un venerdì di fine maggio e Madrid si abbronzava accarezzata da fresco vento di ponente. Andando da Adavenida Baffon verso Calle Chemal all'altezza di Plaza Tronchera, addossata al bugnato di un antico palazzo cinquecentesco, una bancarella di libri usati, fondi di magazzino e vecchie edizioni invendute. La curiosità, al mio paese, come la zanzara, continua a ronzare finchè non la sistemi e mi fu impossibile resistere.

Mi avvicinai per dare un'occhiata. Copertine gualcite, rilegature sdrucite, titoli astrusi. Cercavo di indovinare dalle figure variopinte stampate sulle copertine il contenuto dei testi. Tra paesaggi misteriosi, armi incrociate, danzatrici orientali lo sguardo cadde su un libercolo bisunto dal titolo "Le carte parlanti e li giocatori muti – Dialogo sopra il joco del Burracchio". L'argomento era affascinante, lo presi, ne sfogliai le prime pagine e lessi: Capitolo primo – dell'antichità di questo gioco e come lo jocavano gli antichi". Lessi le prime righe:

"Questo gioco è antichissimo talmente che non si ha cognizione né dell'inventore né del tempo in cui fu ritrovato; ben vero è però che egli è particolare del Regno Meridionale, inventato per passare le ore noiose con qualche divertimento".

Qualche pagina dopo l'autore spiegava che "questo joco s'ha da fare distribuendo tra li jocatori undeci carte de mazzo francioso. Lo jocator di dritta del cartaio da sotto de lo mazzo face due gruppi de undeci carte e poneli per lo verso coperto alla

dritta de lo cartaio istesso".
Poco più oltre alcuni versi in rima:

Lo detto ioco se nomina Burracchio
E d'ogni dama e fante è lo spauracchio
Come fa la campana al suo battacchio
Così tu resterai all'accalappio

Era più che sufficiente perché lo comprassi avviandomi verso i tavoli del bar Adelante Pedro che era lì presso. Allora ero preso d'amore per Valeriana, giornalista del Pais Tropical di Barcellona, tanto bella d'aspetto quanto flemmatica negli appuntamenti. Dovevamo vederci alle undici, erano già le undici e trenta e di lei nessuna traccia. Ordinai un caffè e cominciai a leggere.

L'autore sosteneva di aver trovato per la prima volta citato il nome del gioco in un manoscritto rinvenuto nell'archivio della Biblioteca dell'Abbazia di Novacella, il cui autore, tal Alberico Burgundo, nel trattare delle debolezze umane e di come fossero opera del Demonio perché distolgono l'uomo dalla preghiera, citava come particolarmente perniciosa sia per l'anima sia per la borsa il "Burraccus, certamen a quem omnes vocati sunt, sed parvi electi", (burraco è un gioco che tutti vogliono fare ma pochi lo sanno far bene). Sosteneva, poco più oltre, il Burgundo che il gioco in questione era stato praticato da lui stesso in gioventù, prima di prendere i voti, e che era adatto a uomini e donne, vecchi e giovani perché, con un paragone un po' azzardato per un uomo della sua posizione, "ut amatriciana sic burraccus multi faciunt sed pauchi optime" (come l'amatriciana così è il burraco, molti lo fanno ma pochi in maniera superlativa).

L'autore aveva proseguito e arricchito la sua ricerca ricavando utili informazioni da alcune iscrizioni che era riuscito a scoprire a Pompei durante un suo pellegrinaggio in Terra Santa. La prima, contrassegnata dal numero VII, diceva:

" Nulla è caro al cuore dell'uomo quanto il battito d'ali d'una pinella".

Si dilungava Alberico a spiegare che aveva a lungo cercato tracce dell'estinto volatile che doveva produrre un così soave sventolar di piume, purtroppo senza alcun successo.
La VIII iscrizione diceva:

"Ricordati che prima devi andare a pozzetto".

Anche qui l'autore in lunghe, un po' tediose pagine, raccontava di quanto a lungo avesse cercato il luogo in cui fosse situata quella fonte d'acqua, forse luogo sacro ad antiche divinità rurali.
La IX diceva:

"Quando si deve dare, si dà".

E qui il buon frate confessava di non aver per nulla cercato la cosa che doveva essere data con tanta disinvoltura, avendo il fondato sospetto che l'iscrizione potesse alludere a quella stessa cosa che da fanciullo gli aveva turbato i sogni per mille e mille notti, finché non gli fu mostrata in una notte di plenilunio da Lucilla, giovane ma già esperta fantesca dell'Abbazia.

Marco Tullio Cicerone diceva che la storia è vera testimone dei tempi, luce della verità, vita della memoria, maestra di vita, messaggera dell'antichità. Fu dopo aver ascoltato per l'ennesima volta queste saccenti affermazioni che Licinio Valerio Glabro decise di dedicarsi allo studio della geografia e partecipò con entusiasmo alla congiura che portò il buon Cicero alla morte.

CAPITOLO TERZO

Il burraco e la stupidità umana

In ogni partita di qualsiasi gioco c'è un momento nel quale il giocatore è solo con se stesso, con un problema immediato da risolvere e dal quale può derivare l'esito della tenzone. E' questo il momento nel quale il rapporto tra Burraco, panda e stupidità si legano tra loro in un legame logico inestricabile. Scarto questa o scarto quella, pesco o prendo da terra, calo subito o aspetto tempi migliori e intanto i secondi scorrono inesorabili, il tavolo aspetta impaziente, il viso dei giocatori si tende come arco di violino mentre l'atmosfera si fa rarefatta e annebbia la mente. Solo, come un torero nell'arena assolata, il giocatore fa la scelta che vale una vita e affonda la sua stoccata. Non ci sarà clamore dagli spalti né sventolio di fazzoletti bianchi. Il successo o l'insulto lo leggerà sul volto muto del compagno e nel sorriso di commiserazione degli avversari. Sarà un giudizio immediato e inappellabile. Varranno a poco scuse e spiegazioni. Saremo giudicati da nostri pari, sulla base di prove evidenti che certificheranno la nostra bravura o l'abisso di stupidità nel quale siamo precipitati. Il compianto Prof. Edmund Stheiner nel suo fondamentale saggio "Indagine su metodo e scienza nella pratica ludica" afferma che il gioco non solo è lo strumento attraverso il quale assume perfezione scientifica il metodo di rilevazione della castroneria umana, ma costituisce anche un efficace strumento per la sua misurazione. L'insigne studioso sostiene, infatti, che la gravità della stessa è direttamente proporzionale al numero di volte con cui l'autore nega di averla commessa adducendo improbabili elucubrazioni logico-filosofiche. Più di recente, nel corso di una lunga indagine statistica condotta presso circoli ricreativi dell'Italia centrale, si è potuto rilevare che il giocatore che ha commesso un grossolano banale errore nel 98,73% dei casi nega a spada tratta e con sempre maggiore veemenza l'evidenza di averla commessa, arrivando finanche a chiedere agli avversari di asseverare le inconsistenti motivazioni con le quali sostiene di aver compiuto una giocata degna di un eroe greco. Solo l'esigua percentuale dell'1,17% riconosce prontamente l'errore scusandosene con il compagno. Purtroppo gli autori della ricerca ritengono che questa percentuale stia seguendo una curva discendente la cui tendenza ha i connotati dell'irreversibilità. Questa esigua minoranza di giocatori onesti, con se stessi prima ancora che con gli altri, è irrimediabilmente destinata all'estinzione.

> *Un approfondito studio della Faxadian University di Milleapolis afferma che la causa ultima dell'estinzione dei dinosauri non sarebbe solo la caduta di un asteroide. Le povere bestiole, infatti, erano già inesorabilmente condannate a sparire dalla faccia della terra da molti altri fattori come, ad esempio, allergie ai pollini di alcune piante e l'assoluta mancanza di un efficiente sistema fognario che rendeva l'aria, già di per sé pesante a causa di esalazioni vulcaniche, del tutto irrespirabile considerata la mole gigantesca dei loro escrementi che emanavano nell'aria miasmi mortali.*

CAPITOLO TERZO

Il burraco e l'immortalità dell'anima

Il nesso tra Burraco e immortalità dell'anima è più arduo da individuare e, ammesso che esista, tanto labile da apparire quasi inesistente. Per molti versi una ricerca su tale argomento è molto simile a quella che da sempre appassiona gli studiosi sull'esistenza dell'Araba Fenice, "che ci sia ognun lo dice, cosa sia nessun lo sa".

Presupposto logico dal quale iniziare l'analisi dell'affascinante problema è il famoso assioma di Kolbach-Perriot, fisico emerito della Scuola Superiore di Alimentazione Ludica: due o più corpi distanti tra loro per natura ed essenza si attraggono fatalmente e si fondono formando nuove entità indissolubili. Il celebre filosofo pervenne a tale scoperta ponendo su di un tavolo di marmo una tiella di argilla intorno alla quale aveva posto delle cozze, del riso e delle patate affettate. Dapprima lentamente, poi con sempre maggiore entusiasmo le cozze attrassero le patate che si adagiarono nella tiella, quasi a formare un letto sul quale le cozze si accomodarono coprendosi con il riso e il fenomeno continuò così fino a esaurimento totale delle scorte. La stessa forza la rilevò nelle cipolle all'agro dolce in cui aceto e zucchero formano con la rozza bulbacea un impensabile triangolo, nelle stesse cozze con fagioli e cavatelli, nelle seppie con i piselli e l'elenco potrebbe continuare all'infinito.

Se l'affermazione di Kolbach-Perriot è inconfutabile, altrettanto vera, però, è l'obiezione mossa dal Professore emerito Gheorghe Mankolican che fa rilevare come il fenomeno possa realizzarsi solo attraverso l'apporto determinante dell'uomo. "Chi ha posto sul tavolo, la tiella, le cozze", obietta il famoso studioso, "chi fa affettato le patate, chi ha messo a bagno il riso se non la mano dell'uomo? Chi ha aggiunto pomodori, cipolla, prezzemolo, olio e sale quanto basta se non l'uomo?"

Fu proprio a seguito di queste inconfutabili obiezioni che a Kolbach-Perriot non fu più assegnato il Nobel per la fisica e, dimenticato da tutti e deriso dai suoi studenti, finì i suoi giorni sotto un ponte del Torrente Lamarinata proponendosi, senza successo, come insegnante di burraco ai barboni e mendicanti che dividevano con lui quel precario rifugio.

Mankolican, invece, è felicemente sposato con una allevatrice di cozze pelose e vive tuttora in una remota isola del Pacifico, dove ha aperto un rinomato ristorante di successo il "Nonsolocozze", prezzi modici, prenotazione obbligatoria, si accettano buoni pasto.

Dalle teorie sommariamente enunciate emergono, quindi, due dati assolutamente evidenti. Il primo si rileva nella possibilità che entità apparentemente distanti tra loro si congiungano magicamente attraverso un nesso logico, il secondo nella necessità, perché ciò avvenga, che la mente umana manifesti tutta la sua capacità creativa.

Nel gioco del Burraco si realizza in tutta evidenza la profonda verità di quanto asserito dal Mankolican. Il gioco, le carte, il tavolo, appartengono al regno della concretezza; il giocatore con la sua anima immortale appartiene, invece, al mondo della spiritualità. Condizione perché si realizzi la relazione tra il gioco che si dipana e la nostra anima immortale è che il gioco stesso sia svolto con tale perizia, con scienza e precisione tanto profonde da renderlo perfetto e assoluto consentendogli, così, di entrare in sintonia con l'altro elemento perfetto e assoluto che è in noi: l'anima immortale.

Nel caso in cui, invece, perizia, scienza e coscienza non siano manifestate e ci si affidi alla mera fortuna, il gioco, è esperienza comune, non con l'anima entrerà in sintonia ma con altre, meno nobili, parti del corpo.

In uno sperduto villaggio della Corea, viveva un principe ormai vecchio e stanco. Per distrarsi indisse una gara tra tutti i saggi del paese per chi fosse stato in grado di scrivere il libro più completo sull'arte di giocare con le carte. Parteciparono alla contesa innumerevoli saggi, furono scritte centinaia di pagine, descritti tutti i principi dell'arte, le regole più svariate, i metodi più assurdi e stravaganti. Il principe restò deluso. Poi apparve un vecchio maestro zen che pose innanzi al principe due sacchetti di pelle, ognuno conteneva 54 carte. Il maestro disse: "Principe, queste sono le centootto carte che celano il segreto che cercavi. Le ho disegnate per te". Detto ciò svanì con la stessa velocità con la quale era apparso. Il Principe sfilò dai sacchetti le carte che il maestro aveva detto di aver disegnato per lui e le guardò lentamente una a una. Erano bianche.

CAPITOLO QUARTO

La culla del burraco

Limitando l'ambito dell'indagine a epoche più recenti, molti autori sostengono che il gioco abbia avuto origine nelle immense foreste pluviali dell'Uruguay, adducendo a sostegno di questa tesi il fatto che numerose prove documentali, testimoniano della diffusione del gioco in quelle lande desolate già intorno agli anni quaranta. Come per tutti i grandi eventi della storia, l'innesco che fa esplodere il fenomeno e lo rende inarrestabile è quasi impercettibile: a causa della grave crisi economica che attanagliò quelle regioni andine, in particolare l'Uruguay, alla vigilia della seconda guerra mondiale, il gioco della canasta praticato con tre mazzi di carte fu reinventato per ragioni di economia utilizzandone solo due, con il non trascurabile risultato di aumentare di un terzo il numero dei tavoli dei vari circoli e sale da gioco.

Altri studiosi, tra i quali il Kooleman, docente alla Jungle University, traggono opposte teorie dalla etimologia del nome del gioco derivante dal portoghese "buraco", letteralmente "setaccio", attribuendone l'origine al Brasile. Il setaccio rappresenterebbe, infatti, la natura stessa del gioco caratterizzato dal fatto che le carte scartate sono continuamente raccolte, utilizzate e nuovamente scartate dai giocatori che in tal modo è come se le setacciassero. Altri ancora tendono a collocarne l'origine in area di lingua spagnola. E' il caso di Don Felipe Aguirre de Pineda, assertore della tesi che il gioco sia stato inventato in Spagna. Anche lui impernia la sua teoria sull'etimologia del nome rilevando che il termine "burraco" in spagnolo individua un tipo di manto dei tori da corrida. E' toro burraco quello che ha il manto nero con piccole macchie più chiare sui quarti posteriori, parte del corpo notoriamente determinante per il successo nel gioco.

Dopo anni di studio e di ricerche ritengo di poter finalmente contribuire in modo, mi auguro definitivo, alla soluzione dell'annoso problema. Prove inconfutabili mi portano ad affermare che il luogo di origine del gioco è da collocare nell'assolata Puglia. Al viandante che, sfidando la calura estiva, percorre la litoranea Taranto-Porto Cesareo appare in tutta la sua possente fierezza Torre Borraco. Citata nella cartografia ufficiale fin dal XVII secolo, sorge in agro di Manduria in località Bocca di Borraco a guardia delle acque di due ruscelli che sgorgano da sorgenti poco distanti per confluire nei pressi della foce. In pietose condizioni di conservazione per l'ingiuria del tempo e l'incuria dell'uomo conserva ancora in sé preziose tracce dell'antica gloria.

La costruzione risale al XIII secolo, edificata forse per opera di Federico II per porre argine alle continue scorrerie moresche che, sbarcando al facile approdo, saccheggiavano sistematicamente i villaggi circostanti. La Torre aveva, quinsi, un'importantissima funzione difensiva poiché era posta a guardia delle fonti di acqua dolce che costituivano un irresistibile richiamo per le imbarcazioni di passaggio che avevano la necessità vitale di rifornirsi cOn frequenza di acqua dolce.

Resta traccia del nome di alcuni ufficiali di milizia che comandavano l'esigua guarnigione di stanza nella torre ma la traccia più significativa per la nostra ricerca è all'interno delle mura. Nel salone della gendarmeria, graffiati sui muri di tenero tufo, si possono ancora oggi leggere colonne di numeri posti in progressione dall'alto verso il basso in file parallele. La particolarità che fa di questo sito un luogo sacro per ogni amante del burraco è che le due colonne affiancate di numeri si arrestano ogni volta che una delle due raggiunge o supera il numero 2005.

Narra la tradizione orale di quelle lande desolate che, alcuni anni addietro, all'interno della torre, sia stata ritrovata una cassa di legno contenente resti umani. La particolarità che rende particolarmente interessante il reperto è che i resti sono tutti di avambracci e mani destre e ciò fa ritenere che si tratti di arti di martiri cristiani ai quali le feroci bande moresche amputavano la mano per impedire loro di farsi il segno della croce.

In realtà la ricostruzione più probabile è quella ipotizzata dal Prof. Samuel Triggly che brevemente riassumiamo.

Crepuscolo di un giorno di mezza estate. La sentinella sonnecchia acciambellato tra i merli della torre e si gode la fresca brezza di mare che gli scompiglia appena i bruni capelli. Ha già preparato il braciere per il fuoco che segnalerà sicuro approdo ai naviganti, battaglia e morte alle feluche moresche e attende il suono del tamburo per appiccare il fuoco ai rami di ginepro che ha accatastato. Dall'interno sale fino a lui il solito concitato vociare. Il capitano e il suo luogotenente Martin Vasco de Cabral, detto il Monco, hanno sfidato anche oggi due pescatori che abitano nel villaggio poco distante a una partita di quel gioco incomprensibile che tanto successo ha tra gli abitanti di questa parte del ducato.

" Un giorno o l'altro devo decidermi a impararlo anch'io", pensa la sentinella distogliendo lo sguardo dall'orizzonte deserto. Più in basso, nell'ampio androne della torre, il Capitano maneggia con maestria le preziose carte, donategli anni prima da Fra Eridano Empolese diretto in Terra Santa. I giocatori sono concentrati sulle immagini miniate e seguono senza fiatare l'evoluzione della tenzone dimentichi del tempo e delle tristezze della vita.

Quando il gioco finisce il Monco che ha studiato a Bologna ed è l'unico a saper far di conto, si alza dal tavolo e con il pugnale graffia sul muro il punteggio realizzato in quella mano. Si risiede e la partita riprende alla luce delle torce, tra volute di fumo e boccali di vino primitivo della vicina Manduria..

"Sì, devo proprio impararlo", si va ripetendo la sentinella. Una sola considerazione lo tiene ancora lontano dal chiedere al capitano di insegnargli quell'arte. Corre voce, infatti, che per quanto l'invitto duce sia cortese e gentile quando la fortuna gli arride, per altrettanto divenga una belva assetata di sangue quando le cose vanno storte. Si dice, ad esempio, che la cassa di acero sulla quale è solito sedersi, custodisca le mani dei compagni colpevoli, a suo insindacabile giudizio, di imperdonabili colpe e la cosa potrebbe avere una qualche attendibilità se si considera quanti pescatori e contadini monchi si aggirino per il paese e quanti gendarmi della guarnigione siano stati congedati per invalidità permanente per patologie traumatiche agli arti superiori.

La sentinella distoglie lo sguardo dalla partita. E' un romanticone fatto più per l'amore che per la battaglia. E sogna. Le stelle sembrano così vicine da poterle toccare e gli ricordano l'immensità dell'infinito amore che nutre per i pomodori sott'olio di zia Addolorata, per l'aroma del caciocavallo che sta invecchiando appeso alle travi della cucina tanto intenso che anche le zanzare si fermano sull'uscio disorientate, per il profumo della impepata di cozze che implora solo una fetta di pane raffermo. Voci concitate, sempre più alte, lo richiamano alla realtà. Il capitano è in piedi, paonazzo e urla e scalpita come un toro infuriato. Gli altri tentano di calmarlo, inutile, non vuole sentire ragioni. Dice che ha per compagno un cretino, un incompetente assoluto che non applica al gioco le più elementari regole di buon senso. Un pericolo per la comunità, ancor più grave perché in posizione di comando. Il Monco è impallidito appena iniziata la discussione e ora è di colore cadaverico. Conosce il pericolo che corre, ha già percorso quel buio sentiero. Il capitano è irremovibile. Gli afferra la mano sinistra e con un fulmineo fendente la tronca di netto urlando "E questa è la seconda, non ti è bastata la prima". Incurante delle urla di dolore del povero Martin ripone la mano grondante sangue nella cassa d'acero che si richiude con un tonfo sordo. "Continuando di questo passo" pensa la sentinella " la selezione naturale farà di questi figli di Puglia e della guarnigione posta a loro difesa dei giocatori imbattibili".

Il principe meditò su quei fogli bianchi tutta la vita e ormai alla fine del suo tempo terreno vide i suoi ricordi ap-

parire nitidi, uno ad uno, su quelle carte. Morì stringendole tra le mani all'ombra di un ciliegio in fiore. Poco dopo la sua morte giunse il maestro zen, anche lui vecchissimo. Al popolo che assisteva ai funerali e che lo aveva riconosciuto disse: "per tutti questi anni da quando venni tra voi per la gara dei saggi ho vissuto nel rimorso di un grande errore compiuto: Detti al principe un mazzo di carte dal quale le immagini erano state cancellate dalle lacrime della dispersazione. Un mazzo di carte bianche". Allora s'inginocchiò tra la folla, aprì il suo sacco di tela sdrucita ed estrasse un sacchetto di pelle che offrì agli astanti. Un bimbo lo aprì, guardò lentamente le carte una a una e vide su ognuna un suo sogno realizzarsi. Sorridendo le dette alla mamma.

Erano le più belle carte mai dipinte da mano umana.

CAPITOLO QUINTO

Rito d'iniziazione

Le prime rudimentali regole del gioco mi furono somministrate da alcuni ospiti del villaggio turistico presso il quale soggiornavo. Mi aveva incuriosito il fatto che da un po' di tempo due soggetti, apparentemente insignificanti, si aggiravano lungo i bordi della piscina come se fossero alla ricerca di un oggetto smarrito. La particolarità che aveva attratto la mia attenzione era che invece di guardare in terra o nelle aiuole o tra i cespugli di palme scrutavano con una certa insistenza i villeggianti in cui s'imbattevano, come a volerne valutare la capacità criminale ritenendo evidentemente che l'oggetto cercato non fosse stato smarrito ma sottratto.

Continuai per un po' a spiarli al riparo di un paio di occhiali da sole alla 007 cercando di indovinare quale fosse il tesoro perduto del quale erano alla ricerca. Aspettai, fingendo di leggere il giornale, che arrivassero alla mia altezza per carpire dalle frasi che si scambiavano concitatamente qualche indizio in più. Fu così che, pur tra la chiassosa animazione del villaggio, udii che uno diceva all'altro: " No, non se ne parla neppure, in tre non mi piace, o in coppia o niente". Capii così che non di un oggetto erano alla ricerca ma di una persona con cui accoppiarsi per chissà quale complicato gioco erotico. La cosa si fece alquanto più complicata quando mi parve di intuire dai loro furtivi ammiccamenti che, di tutti gli ospiti che in quel momento frequentavano la piscina, proprio io sembravo essere l'oggetto delle loro perverse attenzioni.

Confermò ancor di più i miei sospetti il fatto che, tornati alle sdraio di partenza, uno dei due, apparente maschio, bianco, caucasico, corporatura robusta, bermuda sottombellicali e infradito celesti, parlottasse intensamente con il suo vicino, anche lui apparente maschio, olivastro, caucasico, filiforme, nerochiomato, zoccoli bianchi tipo sala parto accennando ogni tanto nella mia direzione con lievi movimenti del capo. Cercai di non dar peso alla cosa rammaricandomi per la tracotanza con la quale ormai si manifestava la perversione sessuale e mi feci sospettoso come un cane della prateria, benedicendo chi mi aveva regalato quel paio d'impenetrabili occhiali da sole.

Quando i due si alzarono e, dopo aver percorso lentamente il lato corto della piscina, si diressero con passo deciso verso di me capii che tutto ormai era compiuto ed era arrivato il momento delle decisioni irrevocabili. Si fermarono a tre passi da me e il bermudavestito dopo un cenno di saluto mi fa:

\- Scusi sa giocare a burraco? Siamo in tre e ci serve il quarto, una partitina così, tanto per passare il tempo.

\- Mi dispiace, volentieri – rispondo forse un po' troppo precipitosamente - ma non so giocare. Ramino, canasta, scalaquaranta sì ma burraco proprio no, non lo conosco.

\- Non fa niente ci metti un attimo a imbararlo se sai gli altri giochi lo imbari in un attimo lo imbari.

Il suo modo di pronunciare la b in luogo della p mi ricordò zia Titina, buon'anima, che accorreva immancabilmente in mio soccorso giustificando le più astruse cavolate alla luce del principio, immutabile nei secoli, che "nessuno nasce imbarato".

\- Certo - fece il brunochiomato - te lo insegno io, lui la fa sempre troppo complicata. Vieni abbiamo il tavolo lì all'ombra. Posso offrire una birra?

\- No, no, grazie, risposi, mentre mi accingevo a seguirli maledicendo la mia condiscendenza.

Durante il percorso verso il tavolo ebbi modo di appurare che boccoli bruni si chiamava Gigi e bermuda extralarge Carletto. Mi presentarono Monica, il quarto giocatore, mollemente accovacciata in una poltrona di vimini, distratta come può esserlo una leonessa che vede l'antilope avvicinarsi, unghie smaltate color alga marina, cerchioni da bici a cronometro alle orecchie.

Il filosofo Rasmussen, titolare della cattedra di Burraco all'Università di Caracas, parafrasando una massima di Confucio, era solito affermare che il gioco del burraco è veramente molto semplice ma noi insistiamo nel renderlo complicato.

CAPITOLO SESTO

Preziosi insegnamenti

Le vicende della vita sono regolate da leggi ineluttabili che dettano le cadenze della selezione naturale. Una di queste, non la principale ma non per questo meno importante, va sotto il nome di principio di Samuel Bensonì secondo il quale "se tra due o più persone ve n'è una inadatta a spiegarti una cosa è proprio quella che te la spiegherà." Il buon Samuel avrà certo sorriso compiaciuto nella tomba vedendo il suo principio realizzarsi ancora una volta in tutta la sua implacabile esattezza nell'attimo stesso in cui il brunochiomato Gigi, assunto il ruolo d'istruttore, dava inizio alla sua lectio magistralis.

" Senti a me, te lo spiego in un attimo. Si danno undici carte, una alla volta. Quello che viene prima del cartaro fa due mazzetti da undici carte prendendole da sotto. Si chiamano pozzetti e li mette vicino al cartaro. Quelli, ogni coppia ne deve prendere uno e finire le carte che ha in mano, più quelle del pozzetto ma deve fare almeno una scala di sette carte o può essere anche un tris di sette carte, ovviamente la coppia perché puoi attaccare le carte al tuo compagno. I due si chiamano pinelle e valgono come i jolly. Ci sei fin qui? E' semplice, no. Vince chi finisce le carte, va pozzetto, finisce le carte del pozzetto, fa un burraco. Ah, dimenticavo si chiama così la scala o il tris di sette carte. Adesso, poi, man mano che giochiamo, ti spiego meglio. Il conteggio dei punti te lo dico dopo. E' meglio fare le scale e non i tris. Non puoi chiudere scartando la pinella. Tutto chiaro?"

"Certo, certo" mi affrettai a rispondere, mentre non riuscivo a distogliere la mente dai nuovi insperati orizzonti che si erano aperti all'improvviso per la matematica con la scoperta che un tris non è necessariamente un insieme di tre cose, ma può esserlo anche di sette cose e, quindi, anche di più di sette, quindi un tris è uguale a un numero infinito di cose. Roba da mandare l'uomo sulla luna a piedi. Per tutta la durata di quelle limpide spiegazioni Carletto aveva spesso interrotto il docente per chiarire situazioni particolari, facendo esempi incomprensibili, ridacchiando delle sue stesse spiritosaggini. Annuivo frequentemente fingendo di aver capito ma gran parte della mia attenzione era focalizzata sulla parte alta delle gambe di Monica che emergevano dal copri-costume anche lui, come le unghie, color alga marina.

"Su, dai, possiamo cominciare, una partita di prova" fece Gigi con ostentata giovialità "così capisci meglio. Io gioco non te, Carlo con Monica, così non mi arrabbio che quella gioca come una foca monaca, non tanto monaca però".

Non capii il paragone ma ebbi la certezza che tanta eleganza potesse derivare solo dal fatto che fossero sposati da qualche tempo, forse troppo tempo, e questa constatazione non mi dispiacque.

> *Il giovane principe chiese al Vecchio della Palude: "Maestro, cosa devo fare per diventare un grande giocatore". Il saggio pensò a lungo, poi, guardandolo, disse: "Fortunato è colui che incontra sulla sua strada un grande maestro e la tua strada corre parallela alla mia". I due vissero felici nella palude per molti anni, poi, quando fu il tempo delle rane gracidanti, il vecchio sparì e il giovane principe fu arrestato per aver perso al gioco tutti i suoi averi.*

CAPITOLO SETTIMO

Tecnica della calata

Dicesi calata l'inizio del lento movimento dell'anima del giocatore verso la chiusura superando la impervia salita al pozzetto e l'ardua costruzione della canasta. E' un atto d'amore e, proprio perché tale, è un insieme inscindibile di passione e tecnica. La prima spinge ad azioni che rientrano nella sfera dei fenomeni paranormali, la seconda tenta di inquadrare l'irrazionalità della prima in schemi logico-matematici. Secondo la lapidaria definizione che ne dà il Codice Europeo del Gioco del Burraco, *"la calata è l'atto irrevocabile e manifesto con il quale un giocatore trasferisce dal proprio possesso alla disponibilità del tavolo una combinazione di almeno tre carte"*. Tre elementi concorrono, quindi, a realizzare la particolare fattispecie:

Irrevocabilità dell'atto che esclude ogni possibilità di ripensamento richiamando, in larga misura, la massima popolare "carta, terra e fuoco" dove "carta" è la combinazione calata, "terra" è il tavolo da gioco, "fuoco" l'anatema che discenderà implacabile su chi si macchia della innominabile colpa anche del semplice tentativo di ritirare la calata fatta;

Evidenza dell'atto che gli conferisce la speciale connotazione di atto di pubblico dominio e, quindi, la presunzione assoluta di conoscenza che preclude ogni possibilità di applicare attenuanti generiche del tipo "uh, non me ne sono accorto" da parte del compagno che dimentica di attaccare una carta o, peggio, la scarta.

Trasferimento del possesso che rende la combinazione calata disponibile alle deduzioni logiche ed ai conseguenti comportamenti degli altri giocatori.

La chiarezza con la quale il Codice descrive l'atto della calata potrebbe indurre qualche giovane cultore della materia in pericolose semplificazioni e sottovalutazioni dell'importanza strategica che tale atto assume nell'economia generale del gioco. E' necessario, perciò, completare il pensiero del legislatore con due massime giurisprudenziali della Suprema Corte Europea. La Sentenza 2104/99/AdV/ Kasimir- Corbacki sancisce che "viola le norme in materia di pubblica decenza il giocatore che cala combinazioni impure al primo giro". E' il cosiddetto "giro di cortesia" che ha lo scopo di accertare che il proprio compagno non abbia da calare una combinazione pura proprio nel seme d'interesse, consentendoci di aggiungere le nostre carte alle sue risparmiando la pinella. L'unica eccezione a tale dovere è rappresentata da una calata impura nel giro di cortesia che sta a significare: "compagno, sono pieno di pinelle, raccogli a tutto spiano e cala tris puliti che al pozzetto ci penso io." Con successiva Sentenza 2323/2001 PvC/ Salamalik-Pontiac, Suprema Corte, partendo dall'assunto che la calata, oltre ad essere una dimostrazione della propria bravura, deve essere di aiuto al compagno, stabilisce che " è legittimo il comportamento del giocatore che, avendo scartato carte prevalentemente a picche alla vista del compagno che apre proprio a picche con pinella incastrata, si alza dal tavolo e va via senza fare più ritorno".

Confucio diceva che per mezzo di tre metodi noi apprendiamo la saggezza: Primo, con la riflessione, che è il più nobile. Secondo, con l'imitazione, che è il più facile. Terzo, con l'esperienza, che è il più amaro. Manch Li Kan, secoli dopo, introdusse un Quarto metodo, il portacenere di cristallo volante, che è il più doloroso

CAPITOLO OTTAVO

Teoria e pratica della raccolta

Furono distribuite velocemente le carte e la tenzone ebbe inizio.   Avevo due fanti, di cuori e di fiori, notoriamente omosessuali, il nove e l'otto di fiori ma già sapevo che il fante non avrebbe aspettato il dieci per formare una scala ma avrebbe preferito aspettare un altro fante per unirsi tra loro in allegra brigata, cinque e sette di quadri, un due che Luigi aveva detto chiamarsi pinella, uno Jolly e tre tre. Potevo ritenermi soddisfatto e valutai che se fossi stato fortunato nel pescare le carte avrei potuto catturare ben presto il pozzetto. Per essere un esordiente sarebbe stato un bel successo. In attesa che arrivasse il mio turno di gioco approfittai per osservare discretamente Monica. Si era trasformata. Il sorriso aperto e cordiale di qualche istante prima si era trasformato sotto l'influenza magica delle carte nell'espressione malefica della volpe in agguato, le belle gambe erano sparite sotto il panno verde del tavolo, il sopracciglio destro si era arcuato in segno di sprezzante superiorità.

Fui distolto da questi pensieri dalla voce imperiosa del mio compagno di gioco. Aveva calato sul tavolo, proprio accanto al bicchiere di birra, una scala di cuori dal tre al sei e ora aspettava fiducioso che io arricchissi il palo di nuovi germogli. Sul terreno degli scarti un Re di cuori ed un tre di picche. Che fare? Raccogliere il quarto tre ma non andare a pozzetto o tentare la sorte per un colpo spettacolare? Tentai la sorte e pescai. Un insignificante quanto pericoloso nove di cuori che scartai immediatamente. Fu come se quel nove cadendo sul tavolo avesse innescato un cortocircuito di rabbioso disprezzo nei miei confronti le cui scintille di "macomesifa", "manonèpossibile", di scuotimenti di testa da orso in gabbia mi pungevano come spine di limone selvatico.

- Ma non è possibile, fece Carletto rivolgendosi a Gigi, cosa gli hai insegnato. Poi, rivolgendosi a me con tono sprezzante, non puoi lasciare tre carte agli avversari e che diavolo, ci vuole molto a capire.

- Scusa, perché tre carte, fu la mia disperata difesa.

- Come perché, due stanno a terra, una la scarti tu e l'avversario si ingozza tre carte.

Luigi annuiva con un sorriso di commiserazione. Fabiana si era rasserenata e il sopracciglio era tornato nella sua posizione naturale, Carlo continuava a scuotere la testa in preda ad un attacco di delirium tremens. Io mi sentivo un cretino.

Avrei capito solo molti anni dopo che, in fondo, il gioco del Burraco è una parabola sull'evoluzione della specie umana, tra il nomade che si nutra raccogliendo bacche e frutti della terra e il cacciatore che affida la sua sopravvivenza alla fortuna di un colpo risolutore.

> *Secondo gli insegnamenti di Confucio i cinque fondamenti della virtù sono: cortesia, generosità, onestà, diligenza e gentilezza. Se sei cortese, non ti sarà mancato di rispetto; se sei generoso, guadagnerai ogni cosa; se sei onesto, le persone faranno affidamento su di te; se sei diligente, otterrai risultati; se sei gentile, potrai essere aiutato dalle persone in caso di bisogno.*

CAPITOLO NONO

Le principali teorie

Secondo Hedges che già alla fine dell'800 ha condotto varie ed approfondite indagini statistiche sul gioco che ci interessa, la propensione innata di alcuni giocatori a raccogliere gli scarti potrebbe dipendere dalla presenza in famiglia, durante il periodo infantile, di altri soggetti con personalità più aggressiva che hanno sottratto al bambino i suoi giocattoli. Questi, in età adulta, trasferirebbe sulle carte la reazione per le frustrazioni subite e ciò determinerebbe in lui un irrefrenabile impulso a impossessarsi delle carte scartate a prescindere dalla loro utilità.

Nel suo monumentale testo "Unità e pluralità degli scarti" il Prokofieff, compianto professore emerito della Durango University sostiene, invece, una diversa ipotesi comunemente conosciuta come "Teoria penitenziale". L'inclinazione del soggetto a raccogliere piuttosto che a pescare avrebbe origine in un complesso di colpa del soggetto che lo porta a ragionare, del tutto inconsciamente, nel seguente modo: sono un peccatore, devo subire la giusta punizione redentrice, queste carte non mi servono a un cavolo ma le prendo lo stesso perché così dovrò soffrire di più per andare a pozzetto e subirò le ingiurie del mio compagno.

Più di recente ha riscosso grande apprezzamento nel mondo accademico la teoria elaborata su modelli matematici dal Prof. Checy E. Pasth che nel corso delle sue indimenticabili lezioni all'Università di Santa Maus non si stancava di ripetere che l'opzione raccolta degli scarti non può che essere la risultante di tre variabili indipendenti: posso aiutare il compagno, posso ostacolare gli avversari, posso trarne vantaggio diretto. E' la famosa teoria dell'A.O.V. (aiuto, ostacolo, vantaggio) che trova compiutezza scientifica nel modello matematico secondo il quale, fatto 100 il livello massimo di convenienza, attribuito a ciascun fattore il valore massimo di 33 ed all'imponderabile buona sorte il valore 1, la convenienza a raccogliere deriva dal risultato della seguente formula:

$(fA + fO + fV) + 1 = X$

Il valore assunto dalla X determina la convenienza a raccogliere gli scarti in ragione del suo approssimarsi al valore 100. Tale metodologia deve, però, scontrarsi nella sua applicazione pratica con un fattore non considerato dall'insigne studioso, il fattore tempo. Ogni mano, infatti, dovendo ogni volta procedere ad elaborati conteggi, dura mediamente dalle tre alle quattro ore e spesso il giocatore immerso nell'elaborazione della formula non si accorge che i suoi compagni di gioco sono andati silenziosamente via, lasciandolo da solo al tavolo da gioco, immerso nei suoi calcoli.

> *Leonardo da Vinci diceva che chi ama la pratica senza la teoria è come il marinaio che s'imbarca senza bussola e sestante, e non saprà mai, dove viene portato dalle maree. Purtroppo recenti tragiche esperienze dimostrano che alcuni capitani di lungo corso, pur avendo le loro imbarcazioni tutta la più moderna strumentazione geosatellitare, navigano come se non avessero né bussola né sestante.*

CAPITOLO DECIMO

Ancora della raccolta della carta

La rivincita assunse fin dall'inizio i connotati di un'immane tragedia. Monica e Luigi giocavano come se non avessero mai fatto altro nella vita, rapidi, decisi, apparentemente impassibili, agevolati da carte che sembrava sapessero già dove andarsi a collocare. Carlo ed io avevamo l'aria di due orfanelli un po' sottosviluppati in attesa di essere adottati. Le ferite della prima sconfitta non erano ancora del tutto rimarginate è già vedevo nuove piaghe incombere ghignanti sulla mia testa. L'attenuante di aver appreso il gioco da poco perdeva credibilità via via che lo stesso procedeva. Tutto sembrava congiurare contro di noi, se Carlo calava una combinazione, io avevo le sue medesime carte, se io calavo un gioco il mio compagno non aveva neanche una carta di quel palo. C'era poco da fare, mancava quella sottile linea sulla quale corrono le intuizioni dei giocatori e formano di due individui una squadra d'attacco. I nostri avversari, invece, sembravano essere appena rientrati da un lungo soggiorno tra i templi sacri del Nepal tanto erano dotati di chiaroveggenza nella strategia del gioco. Tentammo ugualmente una coraggiosa reazione. Appena iniziata la seconda mano sul punteggio di 125 a 730 in loro favore, Carlo calò di prima mano Re, pinella e Fante di picche scartando un insignificante quattro di fiori, Monica pescò e scartò non ricordo quale immonda carta, io pescai ed ebbi la conferma che il mazzo, quello che i professionisti chiamano tallone, ce l'aveva decisamente con me. Quale arcano influsso malefico, pensai, aleggiava intorno alla mia persona in quella notte d'estate indicendomi a pescare per l'ennesima volta una carta tanto insulsa da sembrare stampata all'Inferno, quale misterioso rito vudù era stato celebrato a mio danno per provocare un trattamento tanto persecutorio dal dio del burraco. Quando, distogliendo per un attimo la mia mente da quei nefasti pensieri, sollevai lo sguardo dalle mie carte e guardai il mio compagno mi parve di cogliere un lieve contrarsi dei suoi muscoli facciali, la mandibola si era fatta più dura e quadrata, gli angoli della bocca piegati verso il basso nell'espressione classica delle maschere del teatro greco che rappresentano il dolore.

Attribuii la cosa a un lieve malore passeggero forse causato dalla birra troppo fredda. Luigi raccolse e per tre interminabili volte tale situazione di gioco si ripeté implacabile. Carlo pescava e scartava, Monica pescava e scartava, io pescavo continuando a lottare contro la maledizione del mazzo per vedere dove volesse arrivare quel cretino e scartavo, Luigi raccoglieva. Intanto quello che mi preoccupava maggiormente era lo stato di salute di Carlo perché man mano che il gioco procedeva la sua espressione, si faceva sempre più cupa per il dolore che ormai si era fatto con tutta evidenza lancinante. La birra fredda può essere mortale, pensai, in Vietnam, durante l'offensiva del Tet ho visto morire tra le mie braccia un sergente dei marines colpito da un cecchino mentre beveva una birra ghiacciata.

Al termine del quarto giro, dopo che Luigi ebbe raccolto per l'ennesima volta, Carlo che fino a quel momento aveva stoicamente represso il dolore non ne poté più. Posò con ampio gesto enfatico le carte sul tavolo guardandomi fisso negli occhi e ringhiò: "Antò, va bene che stai imparando ma insomma, ragiona! Ti calo di prima mano una pinella incastrata in una forchetta dalla quale sarà difficile liberarla. Che può significare? O che mi sono rimbecillito d'improvviso o che sto pieno di pinelle e, quindi, tu devi solo raccogliere, sempre e comunque, anche carte che non ti servono perché solo così potrai calare pali puliti consentendomi di poggiare le pinelle che altrimenti mi soffocheranno. Ci vuole tanto a capire?".

Restai come un baccalà, come avevo fatto a non capire una situazione tanto evidente. Rintronato di rabbia contro l'infausto destino che mi aveva riservato una ennesima figura barbina, capii subito che era impossibile tentare una qualche difesa che non peggiorasse la situazione. Monica sparse unguenti sulla ferita dicendo che era comprensibile che non avessi intuito la situazione, ero appena agli inizi, ricordo ancora le sue mielate parole "non fare tanto il professore giochi da una vita e ancora fai tante cavolate, Antonio non te le contesta perché non le nota ma io si che le noto, amico mio, non far tanto il professore". Carlo, dopo avermi svuotato in faccia la sacca della bile, si fece più calmo, mi chiese scusa per il tono forse troppo concitato con il quale si era espresso giustificandolo con la necessità di farmi capire il gioco, lo faceva per me eccetera eccetera. Ma no, non ti preoccupare, anzi hai fatto bene, ma non dirlo neanche eccetera eccetera. Grazie Floriana per la difesa d'ufficio. Proseguimmo quella mano come Dio volle, con grandi manifestazioni di cortesia ma con molto minor interesse giacché ormai conoscevamo le carte di Carlo.

Il frate del convento di Gliceria dando l'ultimo conforto al condannato a morte gli sussurrò all'orecchio: "I giorni gloriosi, figlio mio, non sono quelli del successo ma quelli nei quali dallo sconforto e dalla disperazione senti sorgere una nuova sfida alla vita". Il condannato gli dette un gran cazzottone sul muso, poi si mise da solo il cappio al collo e s'impiccò.

CAPITOLO UNDICESIMO

Della scommessa e le sue insidie

Quando, dopo inenarrabili vicissitudini, riuscii a portare finalmente a termine la partita di prova e mi fu consentito, finalmente, di concentrarmi nuovamente sulle abbronzate gambe di Monica, risultò ai miei sghignazzanti esaminatori che, ormai, avevo una sufficiente conoscenza dell'arte ed ero pronto per iniziare la mia nuova carriera di giocatore di Burraco.

Restammo per comodità nella stessa formazione di coppie e, mentre distribuiva le carte, Luigi se ne venne fuori col dire:

\-   Beh, allora, a quanto facciamo?

Si riferiva, pensai, all'ammontare della scommessa. Non me ne curai più di tanto, era un periodo in cui stavo in palla, l'Ente presso il quale lavoravo, sia sempre benedetto il suo nome, aveva pagato il premio d'incentivazione e, soprattutto, non volevo correre il rischio di apparire un pidocchioso. Si stabilì di fare a cinque e cinque. Ogni giocatore, mi spiegarono, avrebbe vinto o perso 5.000 lire per ogni partita e 5 lire per ogni punto di differenza dalla coppia perdente. In quel lontano periodo, ormai irrimediabilmente perduto, esisteva ancora la Lira, sia sempre benedetto anche il suo nome.

Quello delle scommesse è un tasto delicato, da toccare con estrema circospezione. E' indubbio che un incentivo alla vittoria conferisca particolare profumo alla partita, pietanza che, se mangiata con troppa frequenza, alla fine diventa insipida. Ci si può giocare qualsiasi cosa, pizza, gelato, aperitivo, danaro e tanto altro ancora, la fantasia umana non ha limiti. Attenti, però alle scommesse in denaro e, soprattutto, a quelle che mettono in palio prestazioni sessuali.

Per quanto riguarda la prima tipologia, quella delle scommesse in denaro, Dalì Addov, Premio Nobel per l'economia del 2001, ha illustrato con lucidità la funzione redistributiva del reddito che il Burraco assume nelle economie non industrializzate. L'illustre studioso ha dimostrato che il flusso monetario da giocatori sfortunati e perdenti a quelli fortunati e vincenti è direttamente proporzionale alla sfortuna dei primi e alle dimensioni delle parti meno nobili del corpo dei secondi. Tale flusso tende a sottrarsi alla Legge universale della "oscillazione dei periodi" a causa della pervicace testardaggine dei primi a cercare la rivincita realizzando con tale comportamento una delle condizioni macroeconomiche che caratterizza lo sfruttamento stabile e sistematico delle risorse dei paesi coloniali - giocatori perdenti - da parte delle potenze colonizzatrici - giocatori vincenti.

Se una sera ci troviamo seduti a un tavolo di amici di provata fede, non ci sono rischi, al massimo applicheremo la regola edoardiana del più sfacciato "non ti pago" ma se, per avventura, siamo stati invitati a un tavolo di giocatori nuovi o conosciuti da poco, allora la cosa si fa delicata e bisognerà muoversi con circospezione. In tali casi, quando ci siederemo al tavolo tra ostentati sorrisi di benvenuto e frasi di convenienza, dovremo rispondere a una domanda insidiosa. Qualcuno mentre fa carte dirà, con aria distratta, "allora, come al solito?" e la risposta dei tuoi nuovi compagni sarà, probabilmente, un caramelloso " va bene, ma chiediamo a lui" riferendosi a te. A questo punto sentirai il cappio che ti accarezza il collo ma per non fare una figura da peracottaro ti affretterai a dire "si, va bene, certamente". Sentirai il cappio stringersi fino a strozzare un grido che esplode dalla tasca della giacca dove tieni i soldi e sale fino in gola per trasformarsi in un mugolio lamentoso che esplode nella tua mente: ma a quanto diavolo giochiamo?

Una volta, era un venerdì sera, dopo aver perso tre partite con grande divario di punti e vintene due di misura, mi alzai dal tavolo per prepararmi a tornare a casa mentre gli altri facevano i conti pensando che poi non era andata tanto male. Quando appresi che il mio compagno di gioco, noto e affermato imprenditore, aveva concordato di giocare a 100 e 10 posta adeguata alle sue tasche ma non anche alle mie, sentii un lieve giramento di testa, peraltro già completamente impegnata a ricordare quanti soldi avessi in tasca. Arrivai a casa alle cinque di mattina, gli ultimi quattro chilometri a piedi, senza una sigaretta, con una voce di dentro che ripeteva incessantemente come una litania penitenziale scemo, scemo, scemo. Entrai in casa al buio, silenzioso come un giaguaro in caccia, evitai anche il piede della poltrona dell'800 che tanti danni, nei mesi precedenti, aveva provocato al mignolo del piede destro, il respiro lento di mia moglie addormentata mi rassicurò ma feci ancora una volta l'errore di piegare i pantaloni. Erano rimasti pochi spiccioli, monete da cinquanta e cento lire. Caddero inesorabili, quasi al rallentatore provocando un allegro squillante tintinnio che avrebbe svegliato un ghiro in letargo. Fu allora che quel sereno respiro s'interruppe, restò sospeso per qualche secondo per tramutarsi d'improvviso in un'esplosione di coperte volanti e masse in movimento mentre una voce cavernosa, impastata di rabbia e sonno interrotto, rompeva il silenzio della notte e uno sprezzante "è questa l'ora di ritirarsi, fai schifo, sapevi che c'era mia madre a cena" mi raggiunse in fronte, come la fucilata di un cecchino. Da allora non ho più piegato i pantaloni, li lascio sul pavimento così come me li sfilo.

Ora, con il corso dell'euro, le cose si sono alquanto complicate soprattutto per quanto riguarda il calcolo della differenza punti. Un decino, potrebbe sembrare un'inezia ma sono quasi venti delle vecchie lire e determina importi finali non sempre fronteggiabili da un'economia medio borghese. Meglio calcolare in lire per poi trasformare il totale in euro.

In Giappone, al tempo dei samurai, viveva un barbuto filosofo che, si diceva, conoscesse l'arte di predire il futuro mediante la consultazione di un mazzo di carte che portava sempre con sé. Prediceva il futuro con grande esattezza e, per di più, prediceva solo cose belle e fortunate. Questa particolarità faceva star male d'invidia gli altri maghi e indovini che, invece, predicevano spesso disgrazie e sventure. Uno di questi, un giorno, gli rubò il mazzo di carte sostituendolo con il suo che prediceva solo disgrazie. Il barbuto filosofo, il giorno successivo al furto, fu chiamato dal principe perché gli predicesse il futuro. Aprì le carte e lesse un avvenire di pace e felicità. Il Principe fu lieto e volle ricompensarlo con ricchezze e onori ma il filosofo rinunciò a tutto dicendo: " Le mie carte sono già la mia ricchezza e non ho bisogno di altro."

Egli, infatti, era l'unico a possedere le Carte della Felicità.

CAPITOLO DODICESIMO

La giocata illogica

La logica è quella branca della filosofia che consente di risalire, mediante un ragionamento induttivo, alle cause di un determinato fenomeno e di prevederne i possibili effetti che quest'ultimo è in grado di determinare. E' questo metodo di ragionamento che ci induce a pensare che, se il nostro compagno scarta una carta, probabilmente non gli serve, mentre se invece ne raccoglie una, forse ha interesse a fare quel gioco e noi, se possibile, dobbiamo aiutarlo in questo suo disegno.

Si da il caso, però, che a volte assistiamo impotenti a giocate tanto illogiche da sembrare che l'unico rimedio a tanta idiozia sia solo quello di impugnare una mazza da baseball e farsi giustizia da sé. La partita è appena iniziata, il nostro compagno è il primo a giocare, pesca cala un palo formato da Asso, pinella e Donna. La classica giocata della volpe moldava. Quale Santo libererà mai quella pinella, è sprecata, e poi perché tanta fretta. Oppure a buono a buono prende e scarta la carta della canasta o una carta determinante per gli avversari. Ho capito, gioca a compagni con loro. No, forse non è così, forse vuole farci capire che è pieno di pinelle, oppure scarta la canasta perché la fa con un'altra carta, oppure è proprio un deficiente. S'indaghi, quindi, sul possibile significato logico di quella illogicità prima di dar mano alla spada o alla mazza.

Nel suo libro "Memorie di sangue e di burraco" J.J.Poloni, più noto alle cronache criminali come il "mostro delle lettere di piombo", raccontando della sua giovinezza trascorsa nei sordidi retrobottega dei pub di Aberdeen, evoca con chiarezza il ricordo di un suo lontano zio, detto "Zoppas il greco" per la sua passione di citare Omero. Macellaio di professione, insegnate di burraco nella locale scuola elementare nel tempo libero, alle sue domande su quale fosse il comportamento da adottare in presenza di un macroscopico errore del compagno di gioco soleva rispondere che bisognava continuare a giocare con assoluta serenità e verificare che non di strategia di gioco si trattasse ma di comprovato errore. Una volta accertata la realizzazione di tale seconda ipotesi continua a giocare fino alla fine, disse, e quando si alza per andare a casa, seguilo nell'ombra e al primo angolo buio uccidilo senza pietà. Il Poloni fu catturato alla fine di febbraio del 1947 dal commissario Gutierrez, oscuro investigatore di origine giamaicana, che seguiva pazientemente da anni le tracce di un serial killer che lasciava dietro di se una lunga scia di sangue. Le scene del crimine presentavano tutte una medesima caratteristica. La morte era sempre causata da soffocamento perché alle vittime era stato fatto ingoiare un mazzo di carte francesi ma una profonda, anche se non mortale, ferita attraversava in tutta la sua larghezza la fronte dei dieci cadaveri fino ad allora trovati. All'interno della ferita, un minuscolo pezzo di piombo con incisa una lettera dell'alfabeto. Gutierrez raccolse i dieci pezzi e dopo anni d'inutili tentativi compose finalmente la parola "aristotele". Ricompose, così, i vari pezzi dell'arduo puzzle: le carte ingoiate rappresentavano la causa scatenante il raptus criminale, Aristotele il padre della logica, il piombo il contenuto della testa delle vittime in luogo del cervello.

Il metodo Zoppas, ovviamente, è da adottare solo nei casi più molesti dal momento che, secondo recenti studi non esiste una sola logica ma ogni individuo ne possiede una propria ritenendola, nella gran parte dei casi, superiore a quella degli altri che sono dei perfetti cretini. Se con tali premesse si dovesse adottare il metodo in questione, si assisterebbe ad una immane ecatombe.

Nel cortile di una caserma un soldato incontra un collega che gli chiede dove stia portando tutti quei libri che ha sotto il braccio.

\- *Sto preparando il concorso per brigadiere, risponde con sufficienza.*

\- *Accipicchia, ed è molto difficile?*

\- *Nooo, una fesseria, matematica, prova scritta d'italiano, principi di diritto, tutto abbastanza semplice, solo i lineamenti di logica presentano qualche difficoltà.*

\- *E che cosa è la logica?*

\- *Così su due piedi non so spiegartelo, è complicato, è quando una cosa è conseguenza di un'altra, provo con un esempio. Mettiamo che tu possieda un acquario, se hai un acquario logicamente ti piace la natura, se ti piace la natura logicamente vuol dire che ti piacciono gli esseri viventi, se ti piacciono logicamente vuol dire che ti piace tutto ciò che crea la vita, se ti piace questo logicamente vuol dire che ti piacciono le donne, se ti piacciono le donne vuol dire che sei un vero uomo. Vedi, mi è bastato sapere che hai un acquario per stabilire che sei un vero maschio.*

\- *Spettacolare, dice entusiasta il collega, ma allora faccio domanda anch'io e corre a comprare i libri. Al ritorno incontra anche lui un collega che gli chiede dove stia andando con tutti quei libri. Gli spiega che deve preparare il concorso per passare brigadiere, che non presenta particolari difficoltà, solo la logica è un po' difficile.*

\- *Ma che cosa è la logica, chiede il nuovo arrivato*

\- *Guarda è complicato, te lo spiego con un esempio, tu ha un acquario?*

\- *No, risponde il collega, mai avuto*

\- *E allora sei gay. Vedi questa è la logica.*

CAPITOLO TREDICESIMO

La leggenda del Sinai

Le teorie degli eminenti studiosi Hedges, Prokofieff,Proietti, Checy E. Past in materia di raccolta della carta già sommariamente esaminate, trovano un qualche fondamento in antiche leggende la più importante delle quali è quella che va sotto il nome di Leggenda del Sinai.

Si narra che il buon Mosè, ormai prostrato dall'attesa di un segno diviso su quel monte desolato e arso dal vento, nel ricevere finalmente le Tavole dei Dieci Comandamenti abbia male interpretato quello che poi da eminenti teologi è stato individuato come l'undicesimo comandamento. Il buon uomo, ripresosi dallo spavento dell'apparizione, aveva certamente capito e condiviso l'obbligo di "non uccidere", aveva scolpito nella pietra "non rubare", aveva capito meno e condiviso a malincuore "non desiderare la donna d'altri", ebbe forti dubbi di aver capito fischi per fiaschi quando gli fu ordinato di non cucinare pietanze al forno ma obbedì e diede ugualmente mano allo scalpello. La sua fede nell'Altissimo era ormai molto provata dalla fatica e dall'insonnia quando sentì la voce sussurrargli, ancora, nel vento: "devi raccogliere da terra" e non osando chiedere spiegazioni interpretò l'ordine divino come invito a raccogliere da terra le tavole da portarle al suo popolo e non come l'ultimo imperativo categorico del patto tra Dio e l'uomo burrachista. Si caricò sulle spalle le pietre con i dieci comandamenti e si avviò verso casa,

E' proprio l'undicesimo comandamento, invece, a configurare un obbligo indefettibile e categorico che si applica in due casi chiari e precisi come la lama di una spada di Toledo che passerà da parte a parte chi non vi si attiene.

Il primo l'abbiamo già esaminato nei capitoli precedenti, il secondo si realizza quando gli incauti avversari, una volta giocato il pozzetto, si trovano con il palo più lungo di sole cinque carte ed uno dei due si è ridotto con una sola carta in mano. Anche in questo caso devi raccogliere, sempre e comunque, a occhi cecati. Tu e l'avversario che viene dopo di te e che si è improvvidamente ridotto con una sola carta avete finito di giocare. Non ti preoccupare di altro, sarà il tuo compagno a condurre il gioco. Se non ti sei mai trovato in una situazione del genere, ti auguro di provare questa inebriante sensazione. Come il protagonista di Balla coi Lupi, sdraiato sul crinale di una collina, vedeva sfilare estasiato nella prateria immense mandrie di bisonti, così tu vedrai volar pinelle, scartare canaste pure, sentirai il vento dell'ira spirare tra i capelli degli avversari. Tra loro scorreranno parole di fuoco ma tra te e il tuo compagno, la serenità del dovere compiuto.

Il giovane Kim chiese al nonno, vecchio saggio del villaggio dello Yunnan, nonno, come può volare il calabrone nero che è così pesante da sembrare di piombo e ha le ali così piccole da sembrare petali del fiore del mandorlo? Il saggio nonno rispose: "Il calabrone non ha coscienza di se, crede di essere una libellula e se ne frega delle regole del volo, lui ha una logica sua che noi non conosciamo e vola alla faccia della forza di gravità".

CAPITOLO QUATTORDICESIMO

Norme di civile convivenza

Inutile dire che la seconda partita vide la nostra soccombenza 1380 a 2340 con l'atroce conseguenza di rendere inarrestabile l'emorragia di valuta in corso legale di stampa e sempre più lancinante la necessità di ricordare con buona approssimazione quanta benzina mi fosse rimasta nella macchina per tornare a casa.

"La bella, facciamo la bella" propose con ghigno beffardo Carlo che, più passava il tempo, più apprezzavo quale rappresentante massimo degli antipatici a pelle. La bona, pensai, sarebbe meglio farsi la bona alla mia destra, sperando che quella riflessione di dubbio gusto mi risollevasse dal pozzo di angoscia nel quale le circostanze mi avevano spinto. Forse lo capì dallo sguardo o da qualche campo magnetico che si era creato improvvisamente, certo si è che, cambiando posizione alla sedia, scelse deliberatamente di sedersi di sguincio rispetto al tavolo con le gambe elegantemente accavallate, finalmente prive della copertura del tavolo e del petulante panno verde che le aveva coperte fino allora.

Mia madre, nell'insegnarmi quell'educazione che poi tanta parte avrebbe avuto nelle mie umane sofferenze, soleva ripetermi spesso che il gentiluomo si riconosce in tre situazioni: a tavola, al tavolo da gioco e a letto. Fu sempre reticente nello spiegarmi in cosa consistesse la signorilità a letto, ripeté cose già note per quanto riguarda la tavola imbandita e non fu molto esaustiva nello spiegarmi quale nobile comportamento avrei dovuto adottare al tavolo da gioco. Disse solo: "non giocare, figlio mio, le carte, quelle bastarde, sono del diavolo, ma se ti capita di giocare e di perdere, fai come se quei soldi fossero solo i primi di un'interminabile serie di bigliettoni e non gli unici spiccioli che avevi in tasca". Si dilungò, invece, in approfondite disquisizioni su come partecipare a un convivio, soprattutto in circostanze tragiche come quando si deve affrontare il tremendo bucatino alla matriciana senza succhio e senza schizzi di sugo sui commensali. Roba da eroi del Vietnam. Ho poi imparato a mie spese che:

-al tavolo da gioco si sta seduti un po' più disinvoltamente che su una panca di chiesa, rilassati ma non sbracati, con le braccia poggiate sul tavolo e i gomiti non troppo spaparanzati;

-si sta seduti ben dritti di fronte al proprio compagno, non come stava facendo in quel momento Fabiana, di sguincio in modo da avere il compagno di fianco come se lo schifassimo;

-non si possono stendere le gambe sotto il tavolo, soprattutto se vi sono signore o signorine;

-non si può poggiare la testa sul tavolo sulle mani incrociate come a voler dormire in attesa dello scarto di un giocatore troppo lento;

-non ci si gratta la testa per via della forfora che imbiancherebbe sicuramente il panno verde, non ci si mette le dita nel naso, non si scandagliano con l'unghia del mignolo i recessi dell'orecchio;

- non si fuma, non si sniffa, non si beve alla bottiglia o alla lattina. Si può bere solo in bicchieri di vetro massicci perché quelli di carta sono dotati di volontà propria e appena ne avranno l'occasione cadranno rovinosamente irrorando il tavolo di birra schiumante;

- non si mangia, non si rutta né si fanno altri rumori;

-non si pende da una parte né dall'altra come a voler sbirciare le carte o la scollatura delle avversarie;

-quando ci si alza dal tavolo, soprattutto dopo una lunga partita, si ringrazia per la lieta compagnia e non ci si aggiusta il cavallo dei calzoni come gli ufficiali della Regia cavalleria al termine di una estenuante galoppata.

Una volta mi è capitato di assistere a uno strano fenomeno. Ero stato invitato per una partita di burraco a casa di amici che si erano trasferiti da poco nella mia città. Stavano ancora arredando il monolocale che avevano preso in fitto in periferia e, quindi, disponevano solo di un lungo tavolo da pranzo che avevano coperto con un ampio panno verde. Eravamo in tutto otto giocatori, estratte a sorte le coppie notai una vaga espressione delusa sul volto di uno dei concorrenti maschi. Occupammo quattro posti a un capo del tavolo e altrettanti all'altro capo, seduti di sguincio un po' scomodi in verità, ma per onorare gli ospiti nessuno osò lamentarsi. Dopo qualche mano di gioco notai con la coda dell'occhio che il giocatore deluso, Alvaro mi pare si chiamasse, spariva lentamente ma inesorabilmente sotto il tavolo. Sprofondava impercettibilmente come inghiottito da sabbie mobili, non sembrava opporre alcuna resistenza a quella arcana stregoneria e, via via che s'inabissava, l'espressione del suo volto tradiva gli spasmi di un dolore lancinante che gli irrigidiva i muscoli del collo. Quando la sua compagna al termine di una mano si alzò per prendere dei salatini, d'improvviso il bradisismo cessò e Alvaro miracolosamente riemerse.

Tornando a casa gli chiesi spiegazioni di quel fenomeno e se fosse da ascrivere a una qualche infestazione della casa da spiriti maligni o da risucchi d'aria o da che altro. No, mi spiegò, nessun fenomeno misterioso, tentavo solo di raggiungere la caviglia da antilope della mia compagna in un tentativo di approccio che mi avrebbe potuto assicurare un buon finale di serata. Malediceva la sorte che l'aveva fatto tanto brevilineo e soprattutto, il padrone di casa che non si doveva permettere di invitarci a casa sua per una partita se non aveva dei tavoli da gioco accettabili. La bionda, poi, si era fatta accompagnare da Ludovico, suo acerrimo nemico, proprietario di un'invidiata decappottabile rosso amaranto e di ancor più invidiabili gambe di spropositata lunghezza.

Il giovane Genzi chiese: "Maestro, quale è la cosa più difficile di tutte?" Confucio pensò a lungo, poi disse "La cosa più difficile di tutte è trovare un gatto nero in una stanza buia, soprattutto se non c'è il gatto".

CAPITOLO QUINDICESIMO

Le tendenze della carta

Distribuite le carte, apparve in tutto il suo splendore, una scala di quadri dal tre al sei con pinella dello stesso seme, quinta carta del palo, due quattro, un nove di fiori utile quanto un frigorifero al polo, il Re e il Fante di picche, il sette di cuori carta che simboleggia la fortuna ma inutile in quel frangente. Il Re di picche mi fu subito antipatico per quei suoi baffetti da sparviero e per quel suo guardare a destra che lo fa diverso da tutti gli altri suoi colleghi. Lo scartai alla prima occasione preferendogli un Fante di quadri che avrebbe fatto la sua figura a fianco del Fante di Picche già in mio possesso.

Secondo il filosofo sassone Franz Karl Kirchendal in qualsiasi gioco di carte, non sono gli umani a dilettarsi con le carte ma le carte a prendersi gioco degli umani. Sostiene l'illustre studioso che l'atto di mischiare il mazzo non è altro che creare l'intreccio di una storia che svelerà la sua trama man mano che si dipanerà la matassa del gioco. In tale situazione il taglio del mazzo rappresenta il ruolo che avrà il destino nel determinare l'epilogo della storia. Quando apriamo il ventaglio delle carte, è come se si materializzassero, per arcana magia, immagini di antiche favole medioevali. I cuori ardenti di Paolo e Francesca, le picche di feroci armigeri assetati di sangue, fiori gentili di montagna, quadri d'artisti trecenteschi e dame avvenenti, giovani fanti intraprendenti, sovrani assoluti di potenti nazioni, buffoni di corte dal cappello a sonagli.

Nel gioco del burraco, poi, a causa delle tensioni sociali dell'età moderna e delle rivendicazione populiste alla loro base al due, carta insignificante in gran parte dei giochi di tradizione classica, è stato attribuito lo stesso valore del Jolly nel tentativo di placare le accese proteste delle masse popolari che si sentivano escluse ed oppresse dai governanti. A prescindere, però, dai nuovi arrivati, tutti gli altri sono personaggi veri, cristallizzati in simboli ma veri e narrano storie che rapiscono la coscienza portandoci fuori dal tempo e di questo dobbiamo tener conto nel procedere della partita.

Non sarà la nostra logica a determinare la vittoria nella partita che stiamo giocando ma la capacità con la quale avremo saputo interpretare la storia che le carte ci stanno raccontando ed avremo avuto la capacità di assecondarla. Se abbiamo avuto di mano quattro carte uguali è probabile che loro vogliano unirsi ad altre uguali ed è inutile distorcere la loro volontà imponendo un gioco diverso. Nelle carte di alto lignaggio è più facile capire le storie che vogliano narrarci. Nel Regno di Cuori, ad esempio, Fante, Dama e Re guardano tutti nella stessa direzione ma i primi due sembrano fuggire inseguiti dal terzo. Sono Paolo Malatesta e Francesca da Polenta, cognati amanti, inseguiti da Cianciotto Malatesta che brandisce la spada con la quale ucciderà fratello e cognata.

Altra storia affascinante è quella della Regno dei Fiori. Il baffuto sovrano è un signore della guerra che marcia a spada sguainata verso la gloria dei campi di battaglia, dimentico della sua dolce sposa che langue per il giovane Fante. Sono il prode Artù, l'avvedente Ginevra e il generoso Lancillotto che sfiderà in singolar tenzone chie oserà dubitare dell'onesta della dama. Artù sa tutto ma fa finta di niente perché ha cose più importanti cui pensare, la guerra.

Nei Regni di Quadri e di Picche le storie sono più tortuose. I due Re sono nemici giurati, guardano verso opposti orizzonti di gloria armati rispettivamente di ascia e spadone, anche le loro dame, quasi a voler sostenere le politiche divergenti dei mariti, si volgono le spalle con aria sprezzante. Il fatto strano e che rende moderna la loro storia è che quella di Quadri ammicca al Fante di Picche, baffetti filiformi e mazza in mano mentre quella di Picche occhieggia verso il Fante di Quadri che ha gli occhi fuori dalle orbite dal desiderio e si è perfino tagliato i baffi per essere più bello.

Le storie dei regni, però, sono destinate a intrecciarsi tra loro in ben più moderne relazioni sentimentali ed anche di questo dovremo tenere conto nel giocare. Se è vero che le carte di Cuori e di Fiori tendono ad associarsi tra loro in formidabili scale, non è da trascurare la tendenza bisessuale dei Fanti che, a volte, preferiscono unirsi tra loro in allegra brigata. Fateci caso: il Fante di Picche baffuto e dal profilo equivoco guarda quello di Quadri depilato e dalle lunghe ciglia rimmellate, quello di Cuori baffettini e sopracciglia ben disegnate, fissa spudoratamente il Fante di Fiori dal sorriso ammiccante. I Re, da parte loro, pur preferendo farsela tra loro, non disdegnano i Fanti mentre le Regine si congiungono in inestricabili menage a trois arruolando spesso impudiche pinelle. Se avete due Re, statene certi, arriverà il terzo, altrettanto se avete due Fanti, se avete due Regine, verrà una pinella ma se avete un Fante e un Re buttate via tutto, la donna di quel seme non arriverà mai e non per timore di spossanti e ripetuti assalti ma perché sa bene che non può inserirsi in quella coppia ormai troppo affiatata.

Nelle lunghe peregrinazioni che mi hanno portato a visitare le Università dei paesi dell'Europa orientale ho avuto modo di collezionare mazzi di carte serbe, ucraine, russe, croate, bosniache, sono tutte più belle di quelle che usiamo comunemente nelle nostre partite. Più eroiche, più curate nei particolari, eccitano l'immaginazione rendendo visibili storie di passioni, tradimenti, congiure di palazzo che con le nostre, schematiche e fredde s'intravedono a fatica. Lo Jolly di quei mazzi ha la faccia ammiccante del ruffiano del Re ma, al tempo stesso, sembra dire al Fante non ti preoccupare, vai pure nelle segrete stanze, ti guardo io le spalle.

Un attimo dopo aver scartato quel bellimbusto del Re mi accorsi che quelle mie elucubrazioni mi avevano distratto e avevo dimenticato di calare la scala di quadri e con enorme disappunto notai che il mio compagno, dopo aver calato una scala dall'otto al dieci di picche, aveva scartato proprio l'otto di quadri che certo avrebbe tenuto se fossi stato un po' più attento e molto meno filosofo. Floriana, come se avesse visto le mie carte, lo raccolse per chissà quale ragione, non calò nulla e scartò un quattro di fiori di bruttezza impressionante.

Dante Alighieri, Divina Commedia, Inferno, canto V

Amor che al cor gentil ratto s'apprende

prese costui de la bella persona

che mi fu tolta e 'l modo ancor m'offende.

Amor, ch'a nullo amato amar perdona

Mi prese di costui amor si forte

Che, come vedi, ancor non m'abbandona

CAPITOLO SEDICESIMO

Alla ricerca della pace dei sensi

Consiglio per tutti: se ancora non avete raggiunto la pace dei sensi o se l'avete raggiunta ma non vene siete ancora accorti o se vene siete accorti ma non volete darlo a vedere, evitate di sedervi ad un tavolo al quale sia presente una avvenente fanciulla o una matura signora di grande esperienza. Entrambe saranno in grado di battervi con l'utilizzo di persuasori occulti che agiranno sulla vostra capacità di giudizio spingendovi verso il baratro del rimbambimento. Solo dopo un lungo periodo di riflessione sulla natura umana capii, infatti, che la distrazione nella quale ero incorso non era stata determinata tanto dalle filosofiche discettazioni sulle tendenze della carta quanto dal fatto che il terzo bottone della leggera camicetta di Floriana sembrava stesse lì lì per perdere la sua battaglia contro l'asola e dare la meritata libertà a quei fiamminghi seni per lungo tempo troppo oppressi e solo immaginati.

Il primo bottone, tranne che nell'ormai desueto abito talare, ha una funzione prevalentemente coreografica, inutile, di solito slacciato. Il secondo, oltre blande virtù antinfluenzali, ha soprattutto il compito di stimolare la curiosità preparando gli astanti allo spettacolo che di lì a poco potrebbe andare in scena. Il terzo bottone è il regista. Nella sua libertà di artista è lui che sa quando e come si svolgerà la rappresentazione. Un movimento brusco, uno starnuto, l'asola slabbrata dal tempo, il cotone scadente, le preghiere degli astanti in trepida attesa, solo lui, il terzo bottone, il Maestro, sa qual è il momento giusto per alzare il sipario. Ma quel terzo bottone della camicetta di Floriana doveva essere uno di quei registi intellettuali che fanno film noiosi e puritani ed era anche implacabilmente testardo. Raccolsi l'orrendo quattro di fiori per formare un tris che calai subito seguito dalla scala di quadri e due fanti con pinella. Cercai lo sguardo di Carlo certo di leggervi un cenno di approvazione ma guardava il cielo alla ricerca di comete ardenti o del volo felpato di qualche pipistrello. Parlava tra sé, a fior di labbra, come recitando una sommessa litania e fu solo quando percepii, un "ma porca puttana" seguito dopo poco da " ma come si fa" che ebbi la certezza che non di preghiera si trattava ma d'invocazione alle divinità degli inferi affinché mi sprofondassero con loro nei più ardenti recessi dell'infero.

- Perché, che altro c'è adesso, chiesi, rivestendomi di virginale innocenza.

- Come che c'è, non la potevi calare prima la scala di quadri così non scartavo l'otto, replicò.

- Ho pescato l'incastro adesso, mentii spudoratamente.

- Nonnò, adesso hai preso da terra il quattro per fare quel tris fetente.

- Ah, si è vero, mi scusai, come scendendo dalle nuvole, scusa, ero distratto.

Come facevo a confessare che quel cornuto di bottone aveva carpito tutta la mia attenzione senza lasciarmi scampo. Il volto di Floriana era irradiato da un vago sorriso di compiacimento. La notte è lunga, mi consolai, e quel grandissimo pezzo di madreperla non resisterà a lungo. La partita si snodò stancamente inerpicandosi tra pendici d'impervi incastri, paludi di canaste mai chiuse, imponenti cascate di pinelle per arenarsi sulle mefitiche spiagge di miracolose chiusure a volo. Vincemmo noi grazie all'esperienza di Carlo che giocò da solo usandomi come punto d'appoggio. In fondo, mi consolai, al quarto non si chiede che di fare da quarto. Nell'andar via mi scusai nuovamente, è proprio vero uno dei peccati che grida vendetta al cospetto di Dio è impugnare la verità conosciuta. Ringraziai tutti per avermi introdotto ai misteri del burraco, Floriana per la sua difesa d'ufficio,

Per molti il ricordo dei peccati contro lo Spirito Santo è una lontana memoria del Catechismo per la prima Comunione ma una riflessione su di loro è particolarmente utile per ogni burrachista.

- Disperazione della salvezza (temo di non poter evitare le ingiurie del mio compagno)

- Presunzione di salvarsi senza merito (sono un ciuccio ma mi assisterà la fortuna)

- Impugnare la verità conosciuta (no, non è vero, non ho scartato io quella carta)

- Invidia della grazia altrui (grazie, hanno tutte le pinelle loro, è bello giocare così)

- Ostinazione nei peccati (non calerò nessuna combinazione perché voglio fare il ventaglio)

- Impenitenza finale (non me ne frega niente, continuerò per sempre così)

CAPITOLO DICIASSETTESIMO

Ci vediamo al cimitero

Qualche tempo e qualche centinaia di partite dopo quella esperienza, con un gruppo di amici decidemmo di prendere in affitto un vecchio villino sulla strada del Cimitero per farne il tempio sui cui altari avremmo sacrificato le nostre notti insonni. Facemmo di quella fatiscente dimora un luogo di delizie che ogni sera, soprattutto in primavera e in estate, profumava di gelsomini, di rose e di voluttuosi spaghetti alla marinara. L'iniziativa, in realtà, non era stata del tutto spontanea.

Il burraco, a differenza del gioco delle ramette, non si pratica per strada o in campi all'aperto ma richiede un luogo chiuso, caldo d'inverno e fresco d'estate. Inoltre, salvo che lo si voglia giocare alla maniera turca accoccolati per terra, presuppone la disponibilità di tavoli e di sedie confortevoli, sufficientemente robuste da sopportare la mole di alcuni giocatori, di smaglianti panni verdi e di tutta una serie di accessori atti a garantire la serenità dei contendenti.

Le ore pomeridiane sono quelle più adatte ai tornei organizzati, quelle mattutine alle partite estive sulla spiaggia previa raccolta di sassi antimaestrale, ma per le partite tra amici, quelle nelle quali l'accanimento e la presa in giro regnano sovrani, le ore più propizie sono quelle della media-tarda serata e, arrivata una certa ora, dal fare impaziente di alcuni giocatori che si guardano intorno con ghigno famelico, si capisce che è arrivata l'ora dello spuntino.

E' bene sapere che nell'ambito dell'Unione Europea il nostro paese è l'unico nel quale lo spuntino serale non è costituito da salatini, succhi di frutta e tartine con maionese vegetale ma da rovente parmigiana di melanzane, radiosa pizza di patate, fumante tiedda di patate riso e cozze, festival di latticini "li fanno apposta per me", peperonata, affettati misti, verdure grigliate del contadino, tutto innaffiato da Primitivo di Gioia o da Aglianico del Vulture. Si chiude con crostata di ciliegie "come la faceva la zia", gelato e, "no grazie, il caffè non mi fa dormire". Potere magico quello del povero caffè, dopo tutta la congerie di cibi che ti sei scrofolato, è l'unica cosa che non ti farà dormire, come se digerire tutto il resto sia una cosa da niente. Sarà lui il capro espiatorio della tua insonnia.

Date queste premesse c'era da aspettarsi che la sana e consolidata abitudine di riunirsi a turno a casa di uno del gruppo, abitudine sulle prime caldeggiata con entusiasmo da mogli e compagne smaniose di poter finalmente partecipare ad un gioco di carte che non le escludesse, avesse, ormai, le ore contate.

Un giorno forse due di preparativi, la tovaglia del corredo spedita in trincea a difendere la dignità di famiglia sfidando indelebili macchie di primitivo, pulizie generali che neanche a Pasqua, ricerche affannose di completi da gioco "ricordo benissimo che l'avevo messo qua e mò è sparito, sparisce tutto in questa casa, quando metti in ordine tu, non si trova più niente". Quaranta ore di ansiosi preparativi per quattro ore di gioco attraversate da una tempesta di "posso avere un bicchier d'acqua", "ci sarebbe per caso un tarallino", "questa penna non scrive" per finire con un imbarazzato, "scusi dov'è il bagno". Una tempesta perfetta che rapidamente evolve in uragano tropicale quando tra la seconda e terza partita la padrona di casa, con ostentato sussiego ottocentesco, invita tutti a fare uno spuntino. Un'orda di lanzichenecchi famelici e senza dio si apre a forza un varco tra tavoli e sedie, il gatto terrorizzato forza la zanzariera del balcone, il canarino, colto da subitaneo malore, giace esanime nella gabbia a pagoda. Di fronte alla perfezione neoclassica della tavola imbandita con tanta meticolosa cura l'orda esita stordita dai profumi che ne promanano, incerta sull'obiettivo verso cui volgere il primo attacco. Al grido di "madò, patate riso e cozze" si scatena l'assalto. Un turbinio di mani e di forchette impazzite travolge l'ordine costituito lasciando sul settimanile della nonna appena restaurato e su altri cimeli dell'ottocento, bicchieri di birra smezzati, nocciuoli di olive, panzerottini sbocconcellati. Questo sopra i mobili perché sotto il divano e le poltrone del salotto antico è meglio non guardare.

> *Totò (Pasquale) nella commedia "Miseria e nobiltà":*
>
> *Pasquale: Non prendere la pasta grossa che non la digerisco*
>
> *Raffaele: Pasquà, con questa fame digerisci anche le corde di contrabbasso.*

CAPITOLO DICIOTTESIMO

Ci vediamo sul web

Poi venne il giorno sciagurato nel quale anche le serate al Cimitero ebbero termine. Era da qualche tempo che si manifestavano insolite tensioni tra i giocatori, attribuite ora a incomprensioni tra coniugi a causa della incapacità di vincere anche una sola partita, ora a sguardi troppo maliziosi tra componenti di coppie diverse, in altri casi ancora a ricoveri ospedalieri per traumi da corpo contundente causati da posacenere volanti. Iniziarono le prime defezioni ma erano sfaldamenti che non avrebbero potuto incidere sulle zoccolo duro dei soci fondatori. La causa scatenante si manifestò in tutta la sua ineluttabilità, con l'arrivo dello sfratto per morosità notificato senza preavviso dal proprietario di quel rudere cadente. Rispettosi della legge, provvedemmo immediatamente a rilasciare il maniero al suo legittimo proprietario ma ci guardammo bene dal quietanzare i canoni arretrati e, per questa ragione, la strada per il Cimitero è per noi ancora zona interdetta al traffico e, soprattutto, alla sosta. Onoriamo i nostri defunti il giorno di Ferragosto, quando il caldo tropicale riduce anche le gazze alla resa e il proprietario all'impotenza, condizione fisica peraltro abituale al nostro.

Ognuno tornò tristemente alle proprie dimore iniziando la perversa pratica delle partite a due che tanta parte ha avuto nell'aumento infernale dei casi di femminicidio. Poi, un bel giorno, il tam tam dei burrachisti solitari tuonò annunciando novità epocali. Non sei più solo, vecchio eroe dimenticato, ora puoi giocare on line, da casa tua o da dove vuoi tu, puoi giocare con il mondo intero, senza problemi di lingua o di religione. Se scarti, ad esempio, un sei di picche da casa tua, quello vola, vola, vola e va a poggiarsi delicatamente su un tavolo che galleggia nello spazio e quel sei lo vedono i tuoi compagni di gioco che stanno a casa loro a Toronto, a Baku, a Caracas. Tu non devi fare altro che iscriverti gratuitamente a un sito che gestisce il gioco ed è fatta, ti siedi a un tavolo ed inizi a giocare.

In realtà non è così semplice. Per prima cosa devi sceglierti un nome d'arte che, per far vedere che conosciamo le lingue, si dice "nickname", poi devi sceglierti una immagine che ti rappresenti che, sempre per il fatto delle lingue, si chiama "avatar", poi devi essere fortunato a trovare qualche giocatore di buona volontà che voglia giocare con te. La cosa non è semplice come può sembrare. I giocatori iscritti, infatti, sono suddivisi in varie categorie in funzione del rapporto tra partite vinte e perse. Il neofita è, d'ufficio, iscritto nella categoria delle Farfalle, nome romantico ma che ti marchia come principiante dalla ciucciaggine pericolosa e i giocatori di categorie superiori, gli Squali, i Leoni, le Aquile non si arrischieranno a giocare con te per non perdere punti in classifica. Se ti va bene potrai giocare con qualche Topo, che già di per sé è un po' ripugnante, o con altre Farfalle con il risultato di combattere una guerra tra poveri e nulla è più crudele di una guerra tra poveri.

Altro problema è quello della immagine che ti rappresenta, il cosiddetto avatar, giocherai con cavalli rampanti, gatti, lucertole, pulcini, innocenti coniglietti, gioca con tutti ma diffida di quelli che ostentato immagini pacifiche e innocenti, nascondono spesso grandissimi figli di cooperative sociali, giocatori rotti a tutte le esperienze dotati di astuzia volpina e faranno di te polpette. Sopratutto diffida degli avatar di donne bellissime che si siederanno al tuo tavolo. Ho assistito a corteggiamenti pressanti svolti a botte di chat durante la partita da un mio conoscente che aveva scelto come avatar l'immagine del Gladiatore e una signora, si fa per dire, di un paesino delle Murge salentine che si faceva rappresentare da una immagine di biondissima famme fatal stretta in un giubbotto di cuoio con catene incorporate. Ho saputo, da amici comuni, che il Gladiatore, dopo giorni e giorni di chat, ottenuto l'agognato appuntamento, al ritorno è stato ricoverato in un centro di riabilitazione per soggetti affetti da manie di persecuzione. Il poveretto, infatti, si sentiva inseguito da una strega sdentata vestita di cuoio e cinta di catene che voleva baciarlo e non solo.

> *Il Vecchio della Palude disse al giovane nipote: "Ricorda che non esiste donna che sia insensibile alle lusinghe del corteggiamento. Il guaio, nipote mio, è che sono sempre le donne racchie ad essere più sensibili e non ti perdoneranno di essere disilluse".*

CAPITOLO DICIANNOVESIMO

Teoria e pratica del colpo

Fu in quella casa di spiriti eletti, tra filosofi dello scarto alternato e storici del miricordocheunavolta, che appresi le giocate più insidiose, le astuzie tanto astute da passare inosservate, i colpi più spettacolari alla vista dei quali gli astanti scattano in piedi piagandosi le mani in interminabili applausi.

Tra noi dottori in Burraco, il termine "colpo" non è riferito a un'affezione letale del sistema cardiocircolatorio ma è l'abbreviazione di "colpo da maestro" che, sempre tra noi intellettuali, diventa oggetto di approfonditi studi. Si realizza, di norma, quando una situazione di gioco apparentemente normale nel suo dipanarsi, invece di procedere secondo il prudente criterio della normalità, viene bizzarramente risolta con un imprevedibile guizzo d'ingegno del giocatore che individua, fuori dagli schemi canonici, una soluzione del tutto originale e, proprio per questo, destinata a precipitare gli avversari nel più nero sconforto, umiliati da tanta altezza d'ingegno.

I colpi prendono il nome dallo studioso che per primo li ha attuati oppure dal luogo dove sono stati tentati per la prima volta o, ancora, da animali che, per le loro caratteristiche, ne richiamano l'essenza.

Il colpo d'occhio.

Il più famoso e ormai praticato in tutte le sale è il "colpo d'occhio". Non si sa chi ne sia stato l'inventore, tanto antica è la sua pratica, ma molti storici ne fanno risalire la codificazione a Chitarrella, sacerdote napoletano vissuto a metà dell'ottocento, che nel suo Codice sulle regole del Tressette al capitolo VI, regola 28, afferma "cerca di aver ben coperte le tue carte e di spiare quelle degli avversari".

E' un colpo che non richiede grande preparazione ed è alla portata anche dei neofiti. Consiste in una botta di sguardo rapida ma precisa alle carte dell'avversario, preferibilmente quello di sinistra che potrebbe avvantaggiarsi dei nostri scarti. I presbiti che, per vanità o perché li hanno dimenticati a casa, giocano senza occhiali sono le vittime predestinate in ragione del fatto che tendono a tenere le carte discoste dal petto, provocatoriamente aperte a ventaglio. Va tentato con estrema circospezione, con aria svagata come fissando distratti il quadro appeso in fondo alla parete. Dopo aver ben memorizzato le carte, è buona norma invitare il giocatore del quale abbiamo spiato le carte a tenerle più accostate al petto perché altrimenti corre il rischio che vengano viste, anche se, può fidarsi, non è il caso nostro. Faremo così la figura degli onesti, avendo, in realtà già portato a termine la scorrettezza.

Il colpo del moscerino.

La difesa da opporre in tali situazioni è complessa e di non elementare attuazione e va sotto il nome di "colpo del moscerino". Lo pone in essere il giocatore che, ritenendo di essere spiato, dispone le carte ben aperte a ventaglio in modo da agevolare ancora di più la sbirciata del traditore. Questi, ritenendo di aver fatto una furbata, cade in realtà in una trappola che lo indurrà a scartare una carta utile all'avversario. Poniamo, ad esempio, che Pietro si sia accorto che Antonio tende a spiargli le carte. Contando sul fatto che le sbirciatine per forza di cose devono essere di rapide e furtive, fornendo in tal modo un'idea approssimativa della distribuzione della mano dello spiato sia con riferimento ai semi che al valore delle carte Pietro, avendo Re e Fante di cuori e Donna di quadri, dispone le carte aperte a ventaglio ma leggermente sovrapposte. In questo modo all'insidioso scrutatore apparirà evidente solo il colore della carta ma non anche il suo seme dando l'idea che l'avversario sia già in possesso della Donna di cuori. Antonio, come piffero di montagna che andò per suonare e fu suonato, sarà indotto a scartare o a non raccogliere la Donna di cuori favorendo così l'incastro di Pietro. E' detto colpo del moscerino perché l'irritazione che inietterà di sangue gli occhi di Antonio è simile a quella provocata da un moscerino che tenta il suicidio tuffandosi tra le palpebre dello sfortunato viandante.

Il colpo di Cracovia

Il colpo di Cracovia prende il nome dalla città polacca nella quale fu tentato per la prima volta. Erano in corso le finali del Campionato mondiale open del 1987 e la squadra dei Paesi Bassi formata dai coniugi Van de Innock, pluripremiata coppia omosessuale, affrontava gli avversari croati Gregorienko-Petrovic. Si era nella fase finale del terzo decisivo set e i Van de Innock erano già in possesso del pozzetto, l'avevano giocato calando una caterva di punti mettendo quasi al sicuro la vittoria finale e la conquista del titolo. Quando la parte femminile della coppia olandese ebbe terminato la sua giocata Gregorienko, soprannominato nell'ambiente Attila per l'implacabilità del suo gioco, si accorse che gli avversari avevano tutti i pali sporchi e quello più lungo era costituto da solo cinque carte. Notò, anche, che la giocatrice, nella smania di calare il massimo dei punti, si era ridotta improvvidamente con una sola carta. Il suo compagno Petrovic quella sera sembrava sotto l'influsso malefico di una pesante cappa di velluto nero, aveva ancora otto carte e ci sarebbero voluti giorni perché riuscisse a sistemarle. Gregorienko aveva sei carte di cui due pinelle e ottime possibilità di andare a pozzetto ma raccolse e scartò una delle due pinelle in suo possesso, femminile Innock fu costretta a lisciare, Petrovic raccolse e calò, maschile Innock pescò e scartò, Attila raccolse e scartò l'altra pinella, femminile Innock a sua volta fu costretta a scartare una pinella e il luttuoso Petrovic prese il pozzo senza scarto. Pur avendo avuto più volte l'occasione per chiudere la coppia croata proseguì fino alle ultime due carte del tallone accumulando una marea di punti, aggiudicandosi il torneo. Purtroppo quell'edizione del Campionato mondiale si chiuse tragicamente.

Il cadavere di femminile Innock fu trovato da alcuni cercatori di funghi il mattino del giorno seguente sotto il ponte della ferrovia Cracovia-Varsavia orrendamente mutilato, maschile Innock fu scagionato da ogni responsabilità ma non giocò mai più a burraco e ora vive in Australia, dove alleva lucertole urlatrici alle quali insegna una tetra litania che riempie le notti di plenilunio. "Mai a una carta, mai a una carta" rantolano all'infinito i sauri ammaestrati gonfiando le irte velenose creste.

Il colpo di Mortimer.

Il colpo di Mortimer, meno tragico ma anche meno risolutivo del precedente, deve il suo nome al nobile Francis Alexander Mortimer, dodicesimo Duca di Giengercastle. Nel suo impareggiabile saggio "Il burraco e la caccia alla volpe" Sir Francis così traccia sinteticamente gli elementi essenziali della giocata che da lui prende il nome e che nella tradizione popolare va sotto il nome di regola delle cinque P:

Procinto – Il giocatore alla tua sinistra ha una sola carta ed è in procinto di chiudere per andare a pozzetto;

Possibilità – Il tuo compagno non ha alcuna possibilità di andare a pozzetto e sta raccogliendo in continuazione;

Probabilità - L'avversario di destra ha più di tre carte e probabilmente ci impiegherà tempo ad andare a pozzetto;

Palo – la coppia avversaria ha un palo quinto sporco con la pinella incastrata;

Pluralità – sul tavolo vi è una pluralità di carte, almeno due carte scartate oltre quella di cui state per liberarvi.

Al verificarsi di tali condizioni il colpo può essere tentato con successo scartando la settima carta della canasta. Il giocatore di sinistra dovrà scegliere se raccogliere una carta preziosa per la canasta caricandosi, però, anche delle altre, allontanandosi in tal modo dal pozzetto o lasciar andare gli scarti tentando la sorte, avendo, però, la certezza che il giocatore che viene dopo di lui raccoglierà inesorabilmente. Ad esempio, se sul tavolo vi è un palo dal 4, 5, 6, pinella, 8 di cuori, si potrà indurre in tentazione l'avversario scartando il 10 di cuori.

Se il meschino raccoglie il suo compagno, non potrà aiutarlo perché il palo è già sporco, se non raccoglie il compagno, lo accuserà di egoismo, se indovina la pescata buona, andrà a pozzetto ma dovrà giocarlo senza quella carta, forse decisiva.

Il colpo della pecora

L'ovino di cui si parla è noto per la sua indole remissiva e per la naturale propensione ad assumere atteggiamenti di sottomissione. Qualche tenue belato è l'unico cenno di protesta alla prepotenza del tracotante pastore. E' questa caratteristica che ha dato il nome ad un colpo, semplice da attuare ma difficile per la scelta del tempo in cui effettuarlo, poiché presuppone una attenta lettura dell'andamento della partita ed una assoluta fiducia nel proprio compagno. La premessa perché il colpo possa realizzarsi con successo fu posta già agli inizi del secolo scorso dal filosofo di scuola lapalissiana Luigi Borziano che enunciò il seguente assioma: "Il pozzetto è uno, inutile e dannoso andarci in due".

Quando due giocatori della stessa squadra sono contemporaneamente in posizione utile per andare a pozzetto, uno dei due, di solito quello dotato di maggior spirito di sopportazione, deve arrendersi all'evidente sete di pozzetto del compagno e raccogliere quante più carte è possibile in modo da calare, prima o poi, altri giochi dando, così maggiori possibilità al compagno di attacco delle poche carte in suo possesso.

Nel caso in cui l'atto di sottomissione non sia effettuato ed entrambe i giocatori dovessero pervicacemente inseguire il pozzetto, potrebbe succedere che lo stesso venga preso da uno dei due senza trovare la canasta e l'altro giocatore rimasto ad una carta resterà esposto al colpo di Cracovia da parte degli avversari ghignanti.

Questo colpo, efficace nel sessantadue per cento dei casi, trova il suo tragico naufragio nell'incapacità del compagno più caparbio di andare a pozzetto, rendendo del tutto vano il sacrificio dell'altro. Vi sono, infatti, giocatori, apparentemente normali, che pur stando a volo sono capaci di pescare un numero di carte prossimo all'infinito senza riuscire ad andare a pozzetto. E' allora che dai pascoli alpini si alzerà un coro belante che presto muterà il flebile lamento in un rombo d'ingiurie e improperi fino ad assordare il "giocator superbo" che, per propria vanagloria, indusse il suo compagno al sacrificio estremo.

In Scozia funzionano già da anni con successo, Istituti di rieducazione per giocatori che non sono riusciti ad avere più una vita normale dopo essersi sottoposti al colpo della pecora, in Italia, purtroppo, siamo ancora lontani anni luce da forme di sicurezza sociale tanto efficaci e per quegli sfortunati, l'unico luogo amico, come nel Medioevo, è il convento.

Oscar Wilde diceva che bisogna sempre giocare lealmente, ma solo quando si hanno carte vincenti e Finley Dunne consigliava ai suoi amici di fidarsi dei compagni di gioco ma di tagliare sempre il mazzo.

CAPITOLO VENTESIMO

Il Santo Patrono

Nel nostro bel paese ogni categoria di professionisti ha un suo Santo protettore. E' bene sgombrare subito il campo da un possibile fraintendimento. Il Santo protettore è tutt'altra cosa che il Santo in paradiso. Il primo non è proprio certo che esista, non si vede di persona ma solo sulle immaginette, ce l'hanno tutti quelli di una stessa categoria, per ingraziarselo basta una candela; l'altro no, quello esiste veramente, si vede bene, anche se raramente, spesso in luoghi appartati e per ingraziarselo bisogna metter mano al portafoglio o soggiacere alle sue insane voglie.

Qui tratteremo del Santo Patrono che protegge i giocatori di burraco. Tra tutti i giocatori di carte solo quelli che praticano l'azzardo hanno dei Santi protettori universalmente venerati San Remo e San Vincenzo. Tutti gli altri, dai tressettisti ai briscolari, dai raministi agli scoponisti come per tutte le altre specialità riconosciute, ne sono attualmente privi. Ormai da qualche tempo la comunità internazionale dei giocatori di burraco rivendica tale privilegio ma, finora, i vertici ecclesiastici sono stati reticenti, senza rendersi conto che la realtà non ha bisogno di riconoscimenti formali. Il Santo Patrono dei burrachisti, infatti, esiste già, anzi è una Santa ed è giusto che sia così considerata l'essenzialità dell'universo femminile che tanto lustro sta dando a questo gioco. E' Santa Pupa, protettrice dei bambini e degli incoscienti la cui ricorrenza cade, come per tutti i Santi meno portentosi, il 1° novembre di ogni anno bisestile, particolarità dovuta al fatto che, purtroppo, la sua venerazione non è riconosciuta dalla Chiesa e i festeggiamenti, se compiuti annualmente, provocherebbero drastici interventi del Santo Uffizio.

In verità non vi è alcuna traccia della Santa nel Martirologio Romano, tuttavia, non mancano prove della sua esistenza, prima fra tutte la poesia del poeta dialettale Gioacchino Belli che qui di seguito riportiamo con testo italiano a fronte:

Santa Pupa è una santa che ddavero

Je peseno, pe ccristo, li cojjoni;

e appett'a llei tanti santi barboni

nun zò, Terresa, da contalli un zero.

Va a ddi a li fijji tui che ssiino bboni

Lo so io co li mii si mme dispero

E me spormono er zanto ggiorno intero:

Senza de lei Dio sa li cascatoni

Eppuro, a sta gran zanta, poverella

Je vedi mai una cannela accesa?

J'opre ggnissuno un buscio de cappella?

Fortuna e ddorme: ecco ch'edè, Teresa;

E ssan Pietro, che diede in campanella

Ruga, e tiè er culo in cuer boccon de cchiesa.

> *Frate Gianni passò tutta la vita appollaiato su una colonna di marmo cibandosi di rondini che catturava al volo, cicale e tozzi di pane che gli tiravano i fedeli con la*

fionda. Ormai quasi alla fine dei suoi giorni, scese dalla colonna e si diresse a Roma per ammirare le statue che erano certamente state erette in suo onore. Quando vide che non vi era ombra di statue né di immaginette sacre, si rivolse al Papa, "Santità, come si spiega il fatto che io sono santo anacoreta e non ho neanche una statua?". Il Papa rispose "Carissimo, dovevi curare di più la tua immagine, partecipare a dibattiti, farti intervistare, fondare associazioni, non puoi pretendere che ti faccia santo solo perché hai passato trenta anni in cima a una colonna. E, poi, hai una vaga idea di quante multe la Santa Sede abbia dovuto pagare a causa dei maleodoranti rifiuti che si accumulavano sotto la tua colonna?"

CAPITOLO VENTUNESIMO

Le tre virtù teologali

Sant'Evaristo da Messina, teologo del sesto secolo dopo cristo, nella sua fondamentale opera "De animi moderatione", invita il buon cristiano a pregare e praticare le tre Virtù teologali che lo avvicinano a Dio: Fede, Speranza e Carità.

<u>Fede</u>. Nell'Antico Testamento è Abramo l'uomo che interpreta in maniera più autentica la virtù della Fede. Abramo è il padre amorevole che, poiché glielo chiede Dio, è pronto a sacrificare Isacco, ha già il coltello sacrificale levato sul figlio adagiato sull'altare di pietra, ma nel momento in cui sta per vibrare il fendente, Dio sostituisce il figlio con un agnello. Abramo ha avuto Fede, la stessa virtù che deve praticare il giocatore di Burraco in tutte le situazioni, soprattutto in quelle per lui incomprensibili con cieca fiducia nel suo compagno di gioco, anche se vorrebbe fargli fare la fine dell'agnello. Il buon Evaristo consigliava ai suoi discepoli di recitare mentalmente questa litania:

Quando gioca astrusamente, Santa Fede Onnipotente

Quando scarta distrattamente, Santa Fede Onnipotente

Quando pesca sconsideratamente, Santa fede Onnipotente

Quando raccoglie inutilmente, Santa Fede Onnipotente

Quando chiude prematuramente, Santa Fede Onnipotente

Quando si imballa amaramente, Santa Fede Onnipotente.

<u>Speranza.</u> La speranza è la certezza, durante un periodo di profonda tribolazione, di "tornare a riveder le stelle". La speranza è

l'attesa di qualche cosa che ci auguriamo che accada ma non ne abbiamo certezza. Attesa della pinella che ci farà andare a pozzetto al volo, della canasta pura, della chiusura fulminante, della rimonta inarrestabile. La Speranza è la Virtù che più si addice al giocatore di Burraco che confida della venuta di una età dell'oro nella quale tutti i popoli della Terra saranno regolati dalla Lex Burraca e si verificheranno i tre fenomeni metafici descritti nel Libro di Esaù: " Verrà il tempo in cui i giocatori ciucci saranno banditi ai confini della terra e, sotto il cielo tempestato di stelle, le pinelle saranno attribuite equamente ad ogni uomo. In verità, in verità vi dico, verrà il tempo in cui i giocatori non si faranno più segnali."

Carità. La Virtù della Carità trova il suo fondamento teologico nel Libro dell'Esodo. Dopo la fondamentale sezione legislativa dedicata al Decalogo, vengono indicati precetti minori attinenti la pratica della Carità.

Esodo 22,20 - *"Non molesterai lo straniero né l'opprimerai, perché fosti straniero in terra d'Egitto"*. Nella materia che stiamo trattando, straniero è l'ospite che gioca per la prima volta, lo sconosciuto che c'è toccato in sorte in un torneo giallo ma anche il compagno che gioca come una capra uzbeca. Ricorda che anche tu sei stato straniero e hai commesso cazzate.

Esodo 22, 25-26 - *"Se prendi in pegno un mantello del tuo prossimo, glielo restituirai al tramonto del sole perché quello è la sua sola coperta"*. L'interpretazione che ne dà il teologo Padre Alvaro Fernandez Boavista pone l'accento sull'importanza di non infierire sul giocatore che fa scommesse troppo impegnative per le sue risorse e del tutto ingiustificate per il periodo di sfortuna che attraversa. Non è caritatevole togliergli più danardi quanto serva a togliergli per sempre il vizio di giocare a soldi.

Esoso 23,4-5 – *" Quando vedrai l'asino del tuo nemico accasciarsi sotto il carico, non abbandonarlo: mettiti con lui ad aiutarlo"*. In realtà il testo originario diceva *"Quando vedrai quell'asino del tuo amico accasciarsi ecc. ecc..."* ed è stato trascritto in maniera errata da qualche inesperto amanuense medioevale. Non bisogna tormentare l'avversario sconfitto ridacchiando del suo fallimento o prendendolo in giro sfacciatamente. Anzi, è cosa buona e giusta, anzi, aiutarlo convincendolo a cambiare gioco, consigliandogli di provare magari con il risiko o le boccette.

Levitico 19, 17-18 – Non coverai nel tuo cuore odio contro tuo fratello ... ma amerai il prossimo tuo come te stesso." E' la norma più importante, quella senza la quale ogni gioco si trasformerebbe in una lotta senza quartiere. Ogni uomo, senza differenza di razza, ceto sociale, religione, ha diritto, dopo una sfortunata serata di burraco, di ritirasi a casa illeso, senza lividi sugli stinchi e senza umiliazioni nell'anima.

*Dedicato a mia madre con la quale ho giocato troppo poco
e agli amici che mi aspettano di Là per fare il quarto.*